HEYNE <

W0358412

Bernhard Hennen

ELFENLIED

Originalausgabe

WILHELM HEYNE VERLAG
MÜNCHEN

FSC
Mix
Produktgruppe aus vorbildlich
bewirtschafteten Wäldern und
anderen kontrollierten Herkünften

Zert.-Nr. SGS-COC-1940
www.fsc.org
© 1996 Forest Stewardship Council

Verlagsgruppe Random House FSC-DEU-0100
Das FSC-zertifizierte Papier *München Super*
für Taschenbücher aus dem
Heyne-Verlag liefert Mochenwangen Papier.

Redaktion: Angela Kuepper

Originalausgabe 03/2009

Printed in Germany 2009
Umschlaggestaltung: Nele Schütz Design, München,
unter Verwendung eines Motivs von Michael Whelan
Innenumschlag: Andreas Hancock und Dirk Schulz

Satz: C. Schaber Datentechnik, Wels
Druck und Bindung: GGP Media GmbH, Pößneck

www.heyne-magische-bestseller.de

ISBN: 978-3-453-52422-4

Für Henk, einen großartigen Freund

INHALT

Er war ein Dichter und hasste das Ungefähre.

Rainer Maria Rilke

ELFENGEDANKEN

Ich bin Ollowain. Ich war Gandas Freund, so sehr ein Elf der Freund von Kommandantin Schlüsselchen sein konnte. Ihre von ihr selbst niedergeschriebene Lebensgeschichte fand auf wundersame Weise den Weg in meine Hände. Der Text dieses kleinen Büchleins, das in ein Öltuch eingewickelt war, wurde zum ersten Teil des vorliegenden Buches. Ganda konnte ich nicht wiederfinden. Sie verschwand in den ersten Jahren der Herrschaft des Trollkönigs Gilmarak über Albenmark, doch ich habe die Hoffnung nicht aufgegeben, dass sie nicht wirklich jenes Schicksal erwartete, das sie in ihrer Geschichte »Dem Ende nah« andeutete.

Einige Stellen ihres Textes waren vom Wasser zerstört, auf vielen Seiten war die Tinte verwischt. Ich habe mich bemüht, Lücken zu schließen, wo immer dies möglich war. Um den Text leichter lesbar zu machen, habe ich ihn an einigen Stellen ergänzt. Zum Ende ihrer Aufzeichnungen hin verändert sich die Schrift; sie wirkt fahriger, ja, gehetzt.

Ganz anders verhält es sich mit den Gedichten, die ich im Anschluss daran vorstellen möchte. Ich fand die beschriebenen Blätter Mondblütes und Gandas Kommentare dazu in ebenjenem Versteck, das die Lutin in ihrer Biographie angab. Ganda hatte die Herausgabe der Blattgedichte Mondblütes sehr sorgfältig vorbereitet, sodass ich ihre Erläuterungen und ihre Lesevorschläge der Gedichte bedenkenlos übernommen habe. Bei ihren persönlichen Anmerkungen zu den aufgeklebten Eichenblättern war ich mir lange unsicher, ob sie denn für ein größeres Publikum bestimmt wären. Ich glaube es nicht, und dennoch habe ich mich entschieden, Gandas Randnotizen in diese Ausgabe aufzunehmen, erlauben sie doch einen tieferen Blick in ihre Gedankenwelt und auf ihr vertrauliches Verhältnis zu Mondblüte. Nun bleibt dem geneigten Leser überlassen, über diese Entscheidung zu urteilen.

gez. Ollowain,
Schwertmeister Emerelles und Fürst der Snaiwamark

GANDAS GESCHICHTE

Dem Ende nah

Ich kann sie graben hören. Es ist ein beständiges, leises Schaben und Kratzen. Ich weiß nicht, wie nah sie mir schon sind. Ich glaube, mir bleibt noch ein Tag. Vielleicht auch zwei. Ich mache mir keine falschen Hoffnungen darüber, was geschehen wird, wenn sie zu mir vordringen. Die Elfenfürstin Alathaia steht nicht in dem Ruf, großmütig zu sein, schon gar nicht gegenüber jenen, die sie hintergangen und bestohlen haben. Ihre Magie hat hier unten, tief im Herzen eines Berges im alten Drachenland, keine Macht. Nur deshalb lebe ich noch. Doch es gibt aus dieser Höhle keinen zweiten Ausgang. Der Spalt im Boden, durch den ich Wasser rauschen höre, ist zu schmal, als dass ich mich hindurchzwängen könnte. Mir bleibt nichts, als hier zu sitzen und darauf zu warten, dass die Elfen kommen. So will ich meine letzten Stunden nutzen, um meine Geschichte aufzuschreiben. Und wer zwischen den Zeilen zu lesen vermag, der wird verstehen, warum ich ruhigen Herzens bin. Alathaia kann mich töten, aber ich werde sie dennoch besiegt haben. Ich, Ganda, eine Lutin!

Ich weiß, die Meinen haben selbst nach den Maßstäben, die man gemeinhin für Kobolde anlegt, einen schlechten Ruf. Wir Lutin sind das einzige Volk, das kein eigenes Land erhielt, als die Alben die Welt erschufen. Wir wandern unstet von einem Ort zum anderen. Wir verstehen uns gut auf Magie und darauf, die geheimen, magischen Pfade der Alben zu finden. Wir gelten als Diebe und Betrüger. Man traut uns jeden Verrat zu, und ich muss gestehen, das meiste, was man über uns erzählt, ist nicht erfunden.

Wir Lutin reichen den Elfen kaum bis zu den Knien. Man übersieht uns gern, was für Diebe nicht von Nachteil ist. Doch obwohl wir so klein von Gestalt sind, haben wir in den letzten zwanzig Jahresläufen die Geschicke einer ganzen Welt in neue Bahnen gelenkt. Aber ich will nicht vorgreifen. Ich sollte ganz am Anfang beginnen.

An meine frühe Kindheit vermag ich mich kaum zu erinnern. Ich weiß, dass meine Mutter gern reiste. Ich sehe noch ihr Lieblingskleid vor mir, bunt und mit Perlen bestickt, so wie die Tasche, die sie stets über der Schulter trug. Sie schmückte ihren Finger mit einem Ring aus sich windenden Schlangen, den ich als Kind abwechselnd schrecklich oder schlichtweg faszinierend fand. Sosehr ich mich jedoch anstrenge, kann ich mir das Gesicht meiner Mutter beim besten Willen nicht ins Gedächtnis rufen. Ihre Stimme habe ich allerdings nicht vergessen, sie war warm und freundlich.

Wohin wir auch reisten, Mutter schien immer rastlos zu bleiben. Nirgends verweilten wir länger als ein paar Tage. Sie war eine meisterhafte Diebin. Hunger kannte ich als Kind keinen. Aber die Angst vor dem Dunkel jenseits der Albenpfade, über die sie mich so oft trug, hat sich tief in meine Seele gefressen. Dieses Gefühl, belauert zu werden …

Ich bin dankbar für das geisterhafte Licht, das in den Kristallen der Höhlenwände hier flackert. Dabei zerbreche ich mir nicht den Kopf, welchen Ursprung es haben mag. Ich bin einfach nur dankbar. Es vertreibt das Dunkel und erlaubt mir, diese Zeilen niederzuschreiben.

Meine Mutter zeigte mir die schönsten Orte dieser Welt, wie das melancholische Vahan Calyd, in dem in den achtundzwanzig Jahren zwischen zwei Königswahlen nur einige Holde und die Winterkrabben aus den nahen Mangroven leben. Ich besuchte die Elfenstädte, die tief in den Bergen der Snaiwamark und Carandamons liegen. Ich war Zeuge, wie die Kentauren mit ihren Herden durch das verschneite Windland ziehen, bin in Reilimee gewesen, bevor die Trolle es heimsuchten und als die Stadt noch so reich war, dass selbst die Bettler Silberschalen besaßen. Ich sah den Frühlingsnebel über den verwunschenen Seen Arkadiens und die Fürstengräber der Lamassu, in denen dieses seltsame Volk seine Herrscher lebendig einmauert, wenn ihre Zeit gekommen ist. Es sollten Jahre vergehen, bis ich begriff, warum meine Mutter so viel reiste und wie meisterlich sie mich getäuscht hatte. Und nicht nur mich …

Ich wünschte, ich hätte sie besser gekannt. Wenn ich jetzt an sie zurückdenke, habe ich das Gefühl, als läge ein heimtückischer Fluch auf mir. Ich sehe wieder ihr Kleid vor Augen. Und ganz deutlich höre ich noch die letzten Worte, die sie zu mir sagte: *Ich bin kurz Wasser holen.*

Ich weiß, ich habe sie danach noch einmal gesehen, denn ich erinnere mich daran, wie ihre Tasche zwischen leuchtend roten Mohnblüten am Ufer eines Baches lag. Das Kästchen mit den Intarsien aus Pferdezähnen, das einmal darin gesteckt hatte, war verschwunden. Meine Mutter muss neben der Tasche gelegen haben. Im Schatten des Felsens, der an einen kauernden Bären gemahnte.

Ich glaube, ich habe sehr lange gewartet, bis ich zum Bach ging. Sie hatte mir stets eingeschärft, mich zu verstecken und keinen Laut von mir zu geben, wenn sie nicht bei mir war. Ihrem Mörder scheine ich egal gewesen zu sein; anders kann ich mir nicht erklären, dass ich verschont blieb.

Was ich danach tat – ich weiß es nicht. Meine Erinnerung daran ist vollkommen erloschen. Ich muss wohl hinaus ins weite Grasland gelaufen sein.

In späteren Jahren habe ich manches Mal versucht, den Ort wiederzufinden, an dem meine Mutter starb. Ich wollte von ihr Abschied nehmen. Wollte Gewissheit haben … Hatte sich jemand ihrer erbarmt und sie begraben oder ihren Leichnam verbrannt? Wurde sie zum Fraß der Wildtiere? Den Bach mit den Mohnblüten am Ufer, dem Birkenhain und dem markanten Felsen habe ich nie wiedergefunden. Manchmal fragte ich mich, ob sie wirklich gestorben war. Warum erinnerte ich mich nicht an sie? Vielleicht, weil sie gar nicht dort gewesen war? Aber lässt eine Mutter ihr Kind allein in der Wildnis zurück?

Dies alles geschah im nördlichen Windland, zu jener Zeit, als die Kentauren noch gut auf mein Volk zu sprechen waren. Es war Boras vom Klan der Frostkinder, der mich verloren im weiten Grasmeer fand. Er stolperte fast über mich, denn das Gras ragte weit über meinen Kopf hinaus. Ich glaube, er war ein wenig betrunken; er roch nach vergorener Stutenmilch.

Und während ich versuchte, mich so klein wie möglich zu machen, hob er mich auf und betrachtete mich wie einen äußerst ungewöhnlichen Käfer.

Er war guter Laune, fragte mich nach meiner Mutter aus, und als ich nur zusammenhanglos vor mich hin stammelte, entschied er, mich mitzunehmen.

»Wenn ich es nicht tue, erledigt das noch einer der Steppenadler«, sagte er und hielt das wohl für einen besonders gelungenen Scherz, denn er brach in schallendes Gelächter aus.

Er hielt mich im Arm, weil er wohl Angst hatte, ich würde ihm vom Rücken purzeln, wenn ich versuchte, auf ihm zu reiten. Grassamen klebten auf seiner schweißnassen Brust.

»Wir laufen jetzt mit dem Wind um die Wette, Kleines. Da vergisst man alle Sorgen!«

Er hatte recht. Während er mit donnernden Hufen den Schatten ziehender Wolken nachjagte, schlief ich in seinen Armen ein.

Sein Klan war ein kümmerlicher Haufen, nicht einmal dreißig Köpfe zählte er. Eine mickerige Pferdeherde war ihr einziger Schatz. Mit ihr zogen sie über das Land. Ihre Habseligkeiten konnten sie auf einem einzigen Karren mit sich führen. Zwei große Kupferkessel, ein paar alte Waffen und lederne Planen, die sie an stürmischen Tagen zum Schutz gegen den Wind aufspannten, das war all ihr Besitz. Sie lebten von der Hand in den Mund.

Boras erklärte, dass ich künftig eine von ihnen sei. Und Boras widersprach man nicht. Er war wie ein Fels. Nichts konnte ihn erschüttern. Und er betrachtete mich als seine Glücksbringerin, denn in der Nacht des Tages, an dem er mich fand, zog ein Stern mit einem Feuerschweif über die Steppe nach Norden, zur Snaiwamark hin. Das Knochenorakel der Schamanin verkündete ihm, dass ihm einst eine Tochter geboren würde, die den Namen seines Klans bis ans Ende aller Tage berühmt machen würde.

Ich weiß nicht, wie man aus einem Haufen abgenagter Kaninchenknochen die Zukunft lesen kann, aber viel später, als

Boras schon lange zu seinen Ahnen gegangen war, begegnete ich seiner Tochter Kirta auf einem Totenfest. Und es stimmte, zu jener Zeit waren ihr Name und der ihres Gemahls Nestheus in aller Munde.

Damals aber, nachdem er mich gefunden hatte, behandelte mich Boras, als sei ich seine Tochter. Er hielt mich in den Armen und wärmte mich in langen Winternächten. Und er nahm mich in einer Satteltasche mit, die mit Lammfell ausgeschlagen war, wann immer er die Herde hütete. Nur ein einziges Mal habe ich ihn in gedrückter Stimmung erlebt.

Der Winter war entbehrungsreich. Ich lernte den Hunger kennen. Und doch war ich glücklich. Zum ersten Mal hatte ich eine Familie.

Mein Glück währte nicht einmal bis zum Ende des Winters. Eines Tages kam ein Reiter zu uns, ein Elf. Er hieß Alvias, und ich spürte, dass sogar Boras ihn fürchtete.

Alvias war berühmt in ganz Albenmark. Er war ein Vertrauter der Elfenkönigin, der Vollstrecker ihres Willens.

Er redete nicht viel. Aber allein seine Blicke ließen mich verstehen, dass er von mir etwa so viel hielt wie von einer Fliege auf einem Dunghaufen. Obwohl der Winterwind an der Grenze zur Snaiwamark wie mit Messern ins Fleisch der Lebenden schneidet, trug Alvias nur einen dünnen schwarzen Seidenmantel. Seine Augen waren blau wie der Winterhimmel an einem Tag, an dem der Atem zu knisternden Kristallen gefriert. Der Wind spielte in seinem schulterlangen, weißsilbernen Haar, ohne es zu zerzausen. Seine Lippen waren ein schmaler Strich in dem langen, edel geschnittenen Gesicht. Kostbare Stickereien säumten die Borte seines Mantels und des scharlachroten Gewandes, das er darunter trug. Er war unbewaffnet. Die Eiskristalle, die im kalten Wind tanzten, vermochten ihn nicht zu berühren. Der Mantel, der steif vom Frost hätte sein müssen, sah aus, als habe sein Träger ihn gerade erst aus einer Truhe genommen.

Magie war mir vom Tag meiner Geburt an vertraut, so ist es mit allen Lutin. Ein Zauber machte Alvias für den Winter unberührbar. Ich ahnte das auch damals schon. Aber das änderte nichts daran, dass er mir unheimlich war. Seine Magie schützte ihn zwar vor dem Winter, aber dennoch erschien er mir von Kälte durchdrungen.

»Du hast Flöhe.« Das war das Erste, was er zu mir sagte, bevor er mich mit sich nahm.

Hatte ich erwähnt, dass wir Lutin einen Fuchskopf haben? Ich bin mir sicher, Alvias hatte recht. Er war der Hofmeister der Königin, wie ich später erfuhr. Wahrscheinlich stellte er sich bei meinem Anblick vor, wie ich eine ganze Flohplage in *seinen* Palast einschleppte. Ich war zu klein, um ihm eine passende Antwort zu geben. Also versuchte ich ihn zu beißen. Ein Fehler, den ich nie wieder begehen sollte. Auch wenn er so steif wirkte, als hätte er einen Stock verschluckt, war er erstaunlich schnell. Ich schnappte ins Leere, und er schlug mir mit dem Handrücken zwei Mal über die Schnauze. Dort geschlagen zu werden, tut verdammt weh. Obwohl ich mir alle Mühe gab, es zu vermeiden, stiegen mir die Tränen in die Augen. Ich war unglaublich wütend. Auf ihn. Auf die Kentauren, die mich einfach so hergaben. Auf mich, weil ich es nicht geschafft hatte, ihm in die Hand zu beißen.

All meine Habe – die Tasche meiner Mutter, ein paar Amulette und eine Rohrflöte, die mir Boras geschenkt hatte – ließ sich in eine kleine Decke einrollen. Man hob mich vor

Alvias in den Sattel. Boras drückte mir noch ein Armband aus geflochtenen Lederriemchen in die Hand. Ich habe es viele Jahre bei mir getragen, bis ich es in der Bibliothek von Iskendria verlor.

Alvias scherte sich einen Dreck darum, wie sehr ich fror. Er redete kein Wort, und sein Schweigen war noch schlimmer als die Kälte.

So ritt ich mit dem Elfen über eine verschneite Ebene unter dem grauen Winterhimmel. Es war ungemütlich, vor ihm im Sattel zu sitzen. Wie sehr ich mich auch bemühte, eine bequeme Sitzstellung zu finden, drückten mich das Sattelhorn oder seine Gürtelschnalle, oder die Zügel hingen mir vor dem Gesicht. Er hätte einen Arm um mich legen können und mich an sich drücken, aber er vermied es so gut es ging, mich auch nur zu berühren. Und ich schwöre, ich hatte bestimmt nicht mehr Flöhe als die Kentauren. Es gab keinen Grund, sich so böswillig zu verhalten.

Wir waren bestimmt eine Stunde geritten, bis ich es wagte, ihn anzusprechen.

»Wohin bringst du mich?«

»Ins Herzland.«

»Warum? Ich will da gar nicht hin.«

»Emerelle, meine Königin, hat es so befohlen. Und jetzt sitz endlich still, sonst schnür ich dich zu einem Bündel zusammen und schnall dich hinter den Sattel!«

Den Namen der Königin zu hören, beunruhigte mich mehr als die Aussicht, zu einem Gepäckstück verschnürt zu werden. Ich hatte viele wundersame Dinge über den Hof der Elfenkönigin gehört. Doch obwohl die Burg im Herzland wohl einer der schönsten Orte Albenmarks sein musste, war meine

Mutter mit mir nie dorthin gereist. Ich kann mich auch nicht erinnern, dass sie je über die Königin gesprochen hätte. Zum einen war ich neugierig, den wunderbaren Palast zu sehen zu bekommen, zum andern hatte ich Angst davor. Mir war durchaus bewusst, wie die Mehrheit der Völker Albenmarks über uns Lutin dachte. Und Alvias zeigte mir überdeutlich, was ich dort zu erwarten hatte. Außerdem war Emerelle nicht gerade für ihre Herzlichkeit berühmt. Alles in allem war sie wohl eine gerechte Königin, aber sie konnte auch unerwartet launisch sein. Vor wenigen Jahren erst hatte sie ihre beste Freundin in die Zerbrochene Welt verbannt, an einen Ort, der für keinen anderen Bewohner Albenmarks erreichbar und an dem es so einsam war, dass man wahnsinnig werden musste. Warum wollte sie mich sehen? Warum wusste sie überhaupt von mir? Lag es an meiner Mutter? Gab es vielleicht eine Fehde zwischen ihr und der Königin? Je länger ich darüber nachgrübelte, desto unruhiger wurde ich.

Flöhe spüren es, wenn man Angst hat. Auch sie werden dann unruhig und beginnen sich zu regen. Einer pikste mich in den Hals. Ich kratzte mich und wand mich im Sattel. Als ich den Quälgeist zu packen bekam und weit von mir in den Schnee schnippte, zügelte Alvias sein Ross. Er schwang sich aus dem Sattel.

Ich ahnte, was kommen würde, und versuchte vom Pferd zu springen, aber es ist unheimlich mit den Elfen. Obwohl ich wirklich flink bin, kriegte er einen Fuß von mir zu packen. Mit der Schnauze voran drückte er mich in den Schnee. Ich strampelte und fluchte, aber er war einfach zu stark. Mein Widerstand war genauso nutzlos wie der des Flohs, den ich gerade seinem eisigen Schicksal überantwortet hatte.

Er band meine Hände und Beine und steckte mich dann in einen Sack, sodass nur noch mein Kopf herauslugte. So verschnürt, schnallte er mich auf seine Satteltaschen.

Auch wenn ich mich kaum bewegen konnte, wollte ich mich doch nicht geschlagen geben. Wir Lutin sind recht bewandert in der Kunst, Magie zu weben, was oft genug unser einziger Schutz ist. Meine Mutter hatte mir keinen der wirklich aufsehenerregenden Zauber beigebracht, da mir die nötige Reife fehlte und sie mich – völlig ungerechtfertigt – für ein wenig jähzornig hielt. Doch auch Kleinigkeiten vermögen Großes zu bewirken, wenn man den rechten Augenblick abwartet.

Ich hatte viel Zeit, über meine Rache nachzusinnen. Alvias ritt fast den ganzen Tag, bis er einen seichten Fluss erreichte, der zwischen sanften Hügeln versteckt lag. Kahle Birken säumten das Ufer. Hier und dort wucherte schwarzes Brombeerdickicht. Im letzten Tageslicht erreichten wir eine breite Kieszunge, die weit in den Fluss hineinreichte. Dort waren Pfähle in den Boden gerammt, auf denen Büffelschädel steckten. Stoff und Lederfetzen flatterten im Winterwind. Schlichte, rotbraune Schalen und Krüge standen wahllos durcheinander. Halb im Schnee verborgen, entdeckte ich vertrocknete Blumen.

Die Pfähle waren in einem wohl zwanzig Schritt weiten Kreis angeordnet. Als wir den Kultplatz der Kentauren betraten, sträubte sich mir das Fell. Deutlich spürte ich die Macht der Magie, die hier wirkte. Mit meiner Mutter war ich oft an ähnlichen Plätzen gewesen. Inmitten des Kreises lag, für die Augen unsichtbar, ein großer Albenstern, ein von Magie durchdrungener Ort, an dem sich sieben Albenpfade kreuzten. Hier konnte man ein Tor öffnen und auf die goldenen Pfade treten, die sich durch das Nichts zogen. So vermochte man binnen Augenblicken viele hundert Meilen weit zu reisen. Ja, sogar in andere Welten konnte man gelangen, wenn man sich auf den Pfaden verirrte. Und wer unvorsichtig seinen Zauber wob, der mochte gar in die Zukunft getragen werden; dies war eine Reise, von der es kein Zurück mehr gab. Und wenn man nicht unsterblich war wie ein Elf, dann kostete einen dieser Fehler alle Freunde, die man in der Welt nur hatte.

Alvias ging bedacht und mit großer Konzentration vor, als er versuchte, das Tor ins Nichts zu öffnen. Ich merkte ihm an, dass er Angst hatte, einen Fehler zu machen. Welch ein Unterschied zu meiner Mutter! Sie hatte die Worte der Macht mit großer Selbstsicherheit gebraucht, ihre Zauber mit der Leichtigkeit einer Meisterin gewoben. Neben ihr war der Hofmeister der Elfenkönigin ein Stümper. Und da er mich nicht geknebelt hatte, sagte ich ihm auch, was ich von seiner Zauberkunst hielt.

Das Einzige, was mir das einbrachte, war ein weiterer Schlag auf die Schnauze.

Aber wie gesagt, wir Lutin sind allesamt begabte Zauberer, und ich hatte viele Stunden Zeit gehabt, mir zu überlegen, wie ich Alvias büßen lassen konnte.

Hatte ich erwähnt, dass der Elf nach gar nichts roch? Nur sein Mantel hatte eine Spur von Parfüm an sich. Vielleicht hatte Alvias ja eine Geliebte. Die Sache mit dem Geruch wollte ich gründlich ändern.

Meine Mutter war immer der Überzeugung gewesen, wenn man Fremde traf, dann sollte man am besten genauso riechen wie sie. Das stimme die anderen friedlicher, meinte sie. Es mag sich vielleicht seltsam anhören, aber meine Mutter und ich waren sehr viel auf Reisen, und wir begegneten dabei einigen sehr seltsamen Geschöpfen. Riesen mit Stierköpfen. Otter, die die Gestalt von Elfenmädchen annehmen können, aber auch dann noch rohen Fisch essen. Die Spinnenmänner aus den Mondbergen, von denen es heißt, dass die Mütter ihre Jungen in Felsschluchten stürzen, wenn sie zu viele zur Welt bringen. Kentauren, die mit den Köpfen ihrer Feinde ein wildes Fangspiel treiben … Jedenfalls werde ich nie vergessen, wie sie einen Silberlöwen vertrieb, indem sie den Geruch einer zornigen Hornschildechse annahm.

All diese Begegnungen hatten wir überlebt, also bin ich geneigt zu glauben, dass meine Mutter recht hatte. Sie hatte mich einen Zauber gelehrt, mit dem man jeden Geruch nachahmen konnte, man musste ihn nur ein einziges Mal gerochen haben.

Alvias war der Richtige für den Duft von halb verfaulten Fischköpfen. Davor laufen sogar Ratten davon. Der Geruch sollte ihm aber nur leicht anhaften. Es sollte diese Art von Duft sein, die kommt und geht. Bei der man sich nicht ganz sicher ist, ob sie da ist. Alles, was zu aufdringlich gewesen wäre, hätte dafür gesorgt, dass meine Rache schnell aufgeflogen wäre. Im Übrigen wusste ich damals ja auch noch nicht, wie lange meine Reise mit Alvias dauern würde. Er würde sich nicht riechen, aber ich hätte den Gestank die ganze Zeit in der Nase. Und wir Lutin haben überaus empfindliche Riechorgane.

Endlich schaffte es der Elf, dass sich ein Bogen aus goldenem Licht aus dem Schnee erhob. Dahinter sah man einen leuchtenden Pfad, der durch die Finsternis führte.

Ich entschied, noch etwas zu warten. Als wir auf den Pfad aus Licht ritten, hatte ich das Gefühl, dass uns etwas aus der Deckung der Dunkelheit heraus beobachtete. Ich konnte zwar nichts entdecken, aber ich war mir ganz sicher, dass dort etwas war, gerade außerhalb meines Blickwinkels.

Auch der Hengst spürte es. Er scheute. Und Alvias hatte alle Mühe, das Pferd unter Kontrolle zu halten. Es waren nur ein paar Schritt, die wir über den Pfad aus Licht schaffen mussten, aber mir erschien es, als reisten wir eine Ewigkeit. Endlich traten wir durch ein zweites Tor aus Licht. Vor uns erhob sich ein steiler Grashügel. Es war hier viel wärmer. Erste Blumen brachen durch die vereinzelten Schneeflecken.

Alvias sagte nichts, weder über die Reise noch darüber, wo wir waren. Er ließ den Hengst den Hügel hinauftraben und ritt in die beginnende Dämmerung. Ich sah mich um und hoffte, irgendetwas zu entdecken, das mir verriet, wo wir uns befanden. Vergebens.

Bald erreichten wir ein weites Waldstück, und die Nacht verschlang uns. Der große Elfenhengst preschte mit schlafwandlerischer Sicherheit durchs Dickicht. Mir schlugen immer wieder dünne Äste ins Gesicht, aber ihm und Alvias geschah nichts. Das erinnerte mich an meine Rachepläne.

Ich wob den Zauber. Und dem verdammten Gaul verpasste ich auch gleich einen neuen Duft.

Als wir endlich aus dem Wald herauskamen, schlief ich ein, und ich glaube, ich träumte von Fischen. Das Nächste, woran ich mich erinnere, ist ein von Fackeln erleuchteter Hof. Über uns spannte sich ein prächtiger Sternenhimmel.

Ein bocksbeiniger Faun hielt Alvias' Hengst beim Zügel. Er schnitt eine Grimasse und rümpfte die Nase. Dann rollte er mit den Augen und bedachte mich mit einem Blick, als teilten wir ein Geheimnis. Er sagte nichts, sondern sah Alvias hinterher.

Der Hofmeister war abgesessen und verneigte sich vor einer Elfe, die ich, so sehr ich auch den Kopf verdrehte, nur von hinten sehen konnte. Sie war kleiner als Alvias und trug ein ärmelloses, lindgrünes Kleid mit Stehkragen. Ihr Haar war leicht gelockt und reichte ihr bis zu den Schultern. Einige Blütenfeen tanzten um sie herum und spielten mit ihren Locken. Es duftete nach Vanille und Baumharz.

»Mein armer Alvias. Mir scheint, die Reise war anstrengender als erwartet. Haben die Kentauren dich dazu genötigt, an einem ihrer berüchtigten Gastmahle teilzunehmen?«

»Sie waren nicht aufdringlich und auch nicht unhöflich«, entgegnete er knapp.

»Mir schien es, als hätten sie dir ein altes Heringsfass als Ehrenplatz angeboten.«

Ich konnte sehen, wie Alvias die Stirn runzelte. Ihm war offensichtlich schleierhaft, was die Elfe meinte. Mein Zauber war gelungen! Und er ahnte nichts davon, konnte er sich selbst doch nicht riechen. Ich musste mir auf die Lippen beißen, um nicht zu kichern.

»Wie ist sie?«, wechselte die Elfe das Thema.

»Ein anstrengendes Blag. So ein Kind hat hier bei Hofe nichts verloren, Herrin.«

Blöder Kerl, dachte ich. Am liebsten hätte ich ihm noch ein paar Warzen ins Gesicht gehext. Doch als mir bewusst wurde, wie er die Elfe angesprochen hatte, packte mich kalte Angst. Er hatte *Herrin* zu ihr gesagt! Dort stand niemand Geringeres als Emerelle, die Königin Albenmarks. Die mächtigste Zauberin der Welt. Und gewiss hatte sie durchschaut, was ich Alvias angetan hatte.

»Du irrst, mein Freund. Genau hier gehört sie hin. Ich sage dir, eines Tages werden wir alle ...« Die Königin senkte die Stimme zu einem Flüstern, und sosehr ich auch die Ohren spitzte, konnte ich nichts mehr hören.

Schließlich wandte sie sich ab und kam zu mir herüber.

Ich wollte davonlaufen, aber so, wie Alvias mich verschnürt hatte, war an Flucht nicht zu denken. Also schloss ich die Augen und tat so, als schliefe ich. Ich schaffte das etwa fünf Herzschläge lang, dann blinzelte ich ein wenig. So war es immer bei mir. Meine Neugier siegte stets über die Vernunft, wie sehr ich mich damit auch in Schwierigkeiten brachte! Ich hatte ja keine Ahnung, was mich erwartete.

Die Herrin der Welt

Sie stand direkt vor mir. Ich kniff die Augen fest zusammen und wagte nicht zu atmen. Alle schlimmen Geschichten, die ich je über Emerelle gehört hatte, tauchten in überdeutlichen Bildern in meinen Gedanken auf. Was würde sie mit mir tun?

Sie strich mir über den Kopf. Kraulte mein Fell direkt hinter den Ohren, wo es sich besonders gut anfühlt. Ein warmes, angenehmes Kribbeln nistete sich in meinem Bauch ein. Ich atmete aus.

»Ich weiß, dass du nicht schläfst«, sagte sie mit warmer Stimme und hörte dabei nicht auf, mich zu kraulen. »Du musst dich vor mir nicht fürchten. Ich bin nicht wie Alvias.«

Im Nachhinein muss ich sagen, sie hat nicht gelogen. Aber sie war ganz anders, als ich in jenem Augenblick erwartete, in dem ich die Augen öffnete und vertrauensvoll in ihr Antlitz blickte.

»Du bist Ganda, nicht wahr?«

Ich starrte sie an. Woher wusste sie meinen Namen?

»Ich kannte deine Mutter.« Während sie sprach, befreite sie mich aus dem verfluchten Sack. Sie scherte sich dabei nicht im Geringsten um meine Flöhe. Ich glaube, meine kleinen Fellgefährten waren klüger als ich. Sie haben bei Emerelles Anblick die Flucht ergriffen. Jedenfalls juckte es mich nicht mehr, seit ich in ihrer Burg war.

»Du musst Alvias entschuldigen. Er hat zwar einen Sohn, aber er weiß im Grunde nicht, wie man mit Kindern umgeht. Warte ab, bis du eines Tages eines der Feste erleben darfst, die er vorbereitet hat. Dann wirst du seine wahren Qualitäten kennenlernen.«

Sie nahm mich auf den Arm und drückte mich an sich. Ich hatte mehr als ein halbes Jahr unter Kentauren gelebt und bin mir sicher, dass ich nicht viel besser als Alvias gerochen habe. Aber sie schien das nicht zu stören. So geborgen wie in jenem Augenblick, in dem sie mich in den Arm nahm, hatte ich mich seit Mutters Tod nicht mehr gefühlt.

Auch die Kentauren hatten mich sehr herzlich aufgenommen, aber mit Emerelle war es ganz anders. Sie war nicht so riesig wie das Volk der Pferdemänner. Ihre wunderschönen rehbraunen Augen waren so voller Mitgefühl. Selbst nach all den Jahren und allem, was ich nun über die Königin der Elfen weiß, versuche ich mir die Illusion zu bewahren, dass ihre Gefühle für mich echt waren. Dass es mehr war als nur Schauspiel, Kalkül und Magie. Das ist der Fluch mit den Elfen! Man weiß nie, was sie wirklich denken.

Emerelle trug mich auf ihren Armen in den Palast. Sie flüsterte mir freundliche Worte in die Ohren und brachte mich in ein wundervolles Bad aus weißem, blau geädertem Marmor. Ich erinnere mich an rote und gelbe Blüten, die im Wasser schwammen. Das Bad war ein Fest für alle Sinne. Das warme Wasser, das meine Glieder liebkoste, die schweren, fremdartigen Düfte, die in der schwülen Hitze des Bades ihr volles Aroma entfalteten. Die wunderbaren Farben der Blüten. Das seltsame Leuchten der Wände, die wie durchscheinend wirkten … Es war eine verwunschene Stunde. Ein Schatz in meinen Erinnerungen.

Und Emerelle, die gefürchtete, unnahbare Königin, badete mit mir zusammen. Mit dem kleinen, von Flöhen zerstochenen Lutinmädchen mit verfilztem Nackenfell und hageren Gliedern. Dafür, dass sie das getan hat, liebe ich sie noch heute. Manchmal.

Nach dem Bad rieb sie mir mein Fell mit Rosenöl ein und kämmte es. Ein rotes Kleid wurde für mich gebracht. Es muss mit irgendeinem Zauber belegt gewesen sein. Wann immer ich es trug, besuchten mich in allen Regenbogenfarben schillernde Schmetterlinge. Es passte so gut, als sei es für mich maßgeschneidert worden. Dabei war ich kaum mehr als eine Stunde im Palast.

Das Bad, das Kleid, die gut gelaunte Königin, all das schien auf mich gewartet zu haben. Emerelle schaffte es, mir das wunderbare Gefühl zu geben, dass ihr Königshof erst durch mich vollkommen geworden war. Wir aßen zusammen. All ihre Diener behandelten mich mit einem Respekt, als sei auch ich eine Fürstin. Nach dem Mahl brachte sie mich zu Bett. Sie blieb bei mir sitzen und sang mir Lieder vor, bis ich eingeschlafen war. Und als ich erwachte, war sie erneut bei mir, so als sei sie nicht einen Augenblick lang von meiner Seite gewichen.

Es begann eine wunderbare Zeit. Ich durfte sie überallhin begleiten. Zwar spürte ich, dass mich die meisten an ihrem Hofe mit Misstrauen, ja sogar mit Abneigung betrachteten, doch keiner wagte es, ein böses Wort an mich zu richten.

Emerelle nahm mich mit in ihre Kammer, die dicht unter dem Dach des höchsten Turms ihrer Burg lag. Niemand außer mir durfte in jenen Tagen dorthin. Wir probierten vor dem großen Spiegel Kleider an und lachten. Auch weihte sie mich tiefer in die Geheimnisse der Magie ein, als es meine Mutter je getan hatte. Sie lehrte mich, die Tore der Albensterne zu öffnen und ohne Furcht auf den Pfaden der Alben zu wandeln. Und ich brachte ihr bei, wie man fremde Düfte wie Gewänder anlegte. Einmal probierten wir es gemeinsam an Meister Alvias aus.

Heute weiß ich nur zu gut, dass all dies nicht nur harmloses Spiel war, aber ich glaube, sie hat die unbeschwerten Stunden mit mir genossen. Es war zu jener Zeit, als die Trolle noch in die Welt der Menschen verbannt waren und Alathaia nur selten den Rosenturm in Langollion verließ. Am Hof der Elfenkönigin herrschte Frieden, und sie konnte es sich leisten, mitunter einen ganzen Sommertag lang mit mir am See nahe ihrer Burg zu liegen und den treibenden Wolken zuzusehen.

Blütenfeen, kaum so groß wie ein Elfenfinger, umschwirrten uns und neckten uns mit kleinen Gedichten. Damals habe ich nie eine Blütenfee traurig gesehen. Sie erschienen mir wie Geschöpfe des Lichts und des Sommers. Mit schillernden Schmetterlingsflügeln glitten sie durch den strahlenden Himmel.

Sehr selten sprach mich Emerelle auf meine Mutter an. Sie tat es behutsam, ohne zu drängen. Fragte nach ihren Kleidern, wohin wir gereist waren und welches Gepäck wir bei uns gehabt hatten. Einmal sah sie sich sehr genau die Tasche an, das Einzige, was mir von meiner Mutter geblieben war. Sie war abgetragen, nichts Besonderes. Das Innenfutter musste irgendwann einmal eingerissen sein und war notdürftig mit einem schwarzen Faden geflickt. Meine Mutter mochte eine begabte Zauberin gewesen sein, aber ihr Talent als Näherin schien hier versagt zu haben.

Damals dachte ich nicht daran, Emerelle zu fragen, wie es dazu gekommen war, dass meine Mutter und sie Freundinnen waren. Es erschien mir nicht ungewöhnlich, auch wenn ich von den übrigen Höflingen längst geschnitten wurde. Abgesehen von ein paar Blütenfeen und einigen Kobolden aus der Palastküche mieden mich die anderen Bewohner der prächtigen Burg. Sie waren eben Elfen oder arrogante Adelige. Wer den Kopf in den Wolken trägt, der beschäftigt sich nicht mit so niederen Kreaturen wie den Lutin.

Und ich hatte meine Art, es ihnen heimzuzahlen. Angefangen bei Disteln unter Satteldecken bis hin zu allerlei mehr oder weniger harmlosen Zaubern, mit denen ich die besonders Hochnäsigen plagte, ließ ich keine Gelegenheit aus, ihnen Streiche zu spielen. Das machte mich nicht gerade beliebter, aber es verschaffte mir eine tiefe Befriedigung. Und da ich unter dem persönlichen Schutz der Königin stand, wagte es niemand, mich mit mehr als bösen Worten anzugehen. Ich muss gestehen, ich war in dieser Zeit wohl eine ziemliche Plage. Aber ich bin eine Lutin, ein solches Verhalten liegt mir im Blut. Und ich hatte Spaß. Bis zu jenem Tag kurz vor meinem zweiten Frühlingsfest auf Emerelles Burg, an dem ich lernen musste, dass jedes Vergnügen seinen Preis hat.

Der Tag der Abrechnung

Ich weiß noch, ich trug mein mohnrotes Kleid an jenem Tag. Es war stürmisch, und der wilde Frühlingswind zupfte an meinen Rockschößen. Emerelle hatte keine Zeit für mich, da fast stündlich irgendwelche mehr oder weniger bedeutenden Gäste auf der Burg eintrafen. Ich war schlechter Laune, weil ich mich abgeschoben fühlte. Genauso ging es meinem Freund Bollo. Er war ein Kobold und etwa so alt wie ich. Bollo war der Sohn des Puddingkochs der Königin. Von der Zauberei hatte er keine Ahnung, aber er konnte klettern wie ein Eichhörnchen, und was skrupellose Streiche anging, übertraf er mich sogar. Kurz gesagt, er war mein allerbester Freund. Ich glaube, es war seine Idee, sich zu den Gästezimmern im Westturm zu schleichen und im Bett des Elfenfürsten von Alvemer eine Katze einzuquartieren, die noch vor Sonnenuntergang Junge zur Welt bringen würde. An all den Dienern und Wachen vorbeizukommen, war schon ein Abenteuer für sich. Ganz abgesehen davon, eine mürrische, trächtige Katze mit sich herumzuschleppen, die fast genauso stark war wie Bollo und ich. Bis wir die Katze zwischen zwei Bettpfosten angebunden und unter einer Decke hatten verschwinden lassen, hatten wir beide uns reichlich Schrammen eingehandelt. Natürlich konnten wir nicht im Schlafgemach bleiben. Hätten wir versucht, Zeugen unserer Schandtat zu werden, wären wir mit Sicherheit erwischt worden. Also mussten wir uns mit der Aussicht begnügen, dass wir am nächsten Tag schon zu hören bekommen würden, was geschehen war, als der Fürst von Alvemer mit nacktem Hintern in sein Bett stieg.

Kichernd schlichen wir zur Tür des fürstlichen Gemachs, als wir von der Treppe her Stimmen hörten. Uns war der Rückweg abgeschnitten. Schatten verdunkelten den Lichtspalt unter der Tür. Ich habe die Stimmen noch im Ohr. Es waren ein Elf und eine Elfe. Sie unterhielten sich angeregt über Liebeslyrik und zerrissen sich das Maul über einen Farodin, der sich als Dichter wohl nicht sonderlich hervorgetan hatte.

Bollo und ich tauschten einen langen Blick. Ich durfte auf den Langmut der Königin hoffen, aber für ihn und vielleicht sogar seinen Vater wäre es eine Katastrophe, wenn wir erwischt würden.

Er nickte in Richtung der Fensterläden, an denen der Sturmwind rüttelte. In einem knöchellangen Kleid an einem Turm hinabzuklettern, war der blanke Leichtsinn, so viel war mir selbst damals schon klar. Aber ich wollte auch nicht als ein Feigling dastehen.

Bollo war kein Freund langen Grübelns. Er öffnete einen Fensterladen, den ihm eine Bö prompt aus der Hand riss, sodass er mit einem Donnerschlag gegen die Außenwand schlug. Bollo lachte dem Sturm ins Gesicht, schwang sich über die Fensterbrüstung und war verschwunden. Der Riegel der Zimmertür wurde zurückgeschoben; ohne noch einen Herzschlag lang nachzudenken, folgte ich Bollo. Obwohl die Sonne noch nicht untergegangen war, war es stockfinster. Schwere Sturmwolken zogen zum Greifen nah über den Turm hinweg. Der

Wind zerrte an meinem Kleid. Ich hatte Angst. Ich musste immerzu zum Hof hinabblicken, der in schwindelerregender Tiefe unter mir lag. Mein Herz pochte so heftig, dass es schmerzte.

Ich kletterte auf ein Sims dicht unter dem Fenster. Die Außenmauern des Westturms waren mit Schmuckwerk überladen: Reliefs von Kreaturen aus den fernsten Winkeln der Welt. Kleine Balkone, gestützt von Drachen oder geduckten Minotauren. Fenster, die von steinernem Blattwerk und Blüten eingefasst waren. An einer Mauerecke hatte man sogar Efeu aus Sandstein und Stuck nachgearbeitet. Wer immer dieses Bauwerk erschaffen hat, muss mehr als nur ein bisschen verrückt gewesen sein. Es war bestimmt kein Kobold!

Jedenfalls lud der Westturm geradezu dazu ein, an ihm herumzuklettern. Natürlich war das streng verboten, aber daran hatten Bollo und ich uns nie gehalten. Dutzende Male waren wir schon hier gewesen. Allerdings war ich nie in einem Kleid geklettert, hatte mich nie so weit hinaufgewagt. Und nie war es so stürmisch gewesen. Ich klebte an der Mauer wie eine Bremse auf einem Kentaurenhintern.

Über mir schloss jemand das Fenster. Ich hörte, wie der Riegel vorgelegt wurde. Ich blickte hinab zum Hof. Nirgends war ein Fenster offen. Jetzt hieß es klettern oder abstürzen, einen anderen Weg gab es nicht. Bollo klammerte sich ein Stück tiefer an einen steinernen Pegasus; sein tollkühner Übermut schien vom Wind davongetragen zu sein. Es wäre klüger gewesen, sich oben im Gastgemach bei einem dummen Streich erwischen zu lassen.

Ich habe die Eigenart, sehr dickköpfig zu werden, wenn die Lage besonders verzweifelt zu sein scheint. Bollo so zu sehen, raubte mir keineswegs den Mut, sondern es machte mich zornig. Ich kletterte zu ihm hinab.

»Ist das dein Plan? Hier herumsitzen und flennen?«

Bollo wischte sich die Nase mit dem Ärmel ab. »Ich flenne nicht!«, entgegnete er trotzig. Wut flackerte in seinen Augen, als er zu mir aufblickte. »Ich bin nur wütend auf dich und deine idiotischen Einfälle. Hätten wir uns nur nie in das Zimmer geschlichen!«

Das war seine Idee gewesen! Aber ich sagte nichts. Jungen und auch ausgewachsene Männer haben immer ein sehr kurzes Gedächtnis, wenn sie Mist gebaut haben.

Leichter Regen setzte ein und legte sich in tausend silbernen Perlen auf mein Fell. Der polierte Stein der Mauern schimmerte feucht.

»Wir sollten rufen«, sagte Bollo kleinlaut.

Obwohl er kaum mehr als einen Schritt von mir entfernt kauerte, konnte ich ihn kaum verstehen. Der Wind riss ihm die Worte von den Lippen und trug sie davon in die Nacht. Auf dem Hof und den Wehrgängen war niemand zu sehen. Es war ein Wetter, bei dem man keinen Hund vor die Tür jagte. Und selbst wenn dort unten jemand gewesen wäre, hätten wir uns bei dem Sturm die Lunge aus dem Leib schreien können, und niemand hätte uns bemerkt.

Wir würden es niemals hinab bis zum Burghof schaffen. Aber vielleicht hinauf. Unterhalb des Turmhelms gab es Schlupflöcher für Falken. Kobolde würden dort auch hindurchpassen. Außerdem war es leichter, irgendwo hinaufzuklettern, als hinunter. Ich war überzeugt, dass wir es schaffen würden. Vor allem, weil ich dann nicht dauernd in den Abgrund unter mir blicken müsste.

Ich sah zum Turmhelm hinauf. Blauviolettes Licht spielte um die schlanke Kupferspitze, die das Schindeldach abschloss. Ein Anblick, bei dem sich mir das Fell sträubte.

»Wir müssen da hinauf«, rief ich Bollo zu, auch um mir wieder Mut zu machen.

»Das schaffen wir nie!«

»Du hast mir doch immer erzählt, dass du klettern kannst wie ein Eichhörnchen!«

»Eichhörnchen bleiben in ihrem Kobel, wenn es regnet.«

Ich sah zur Turmspitze. Das Licht tanzte, schlug wilde Kapriolen und griff mit seinen blauvioletten Armen in den Sturmwind.

»Du weißt, was das da oben bedeutet!«, schrie Bollo. »Ein Gewitter kommt. Jeden Augenblick kann dort der Blitz einschlagen. Dort hinaufzuklettern, ist völlig verrückt!«

»Hier hocken zu bleiben, auch. Wenn Wind und Regen uns noch länger zusetzen, werden unsere Hände zu klamm und steif, als dass wir uns noch länger festhalten könnten. Ich gehe hinauf. Wenn ich es schaffe, schicke ich dir Hilfe, Eichhörnchenherz.«

Eine Bö schlug mir ins Gesicht. Es fühlte sich fast an wie eine Ohrfeige. Ich musste an die Geschichten über die Windsbräute denken, die ich bei den Kentauren gehört hatte. Es waren geisterhafte Frauengestalten, die mit den Stürmen zogen. Sie waren nicht aus Fleisch und Blut und doch mehr als nur Wind und Regenschleier. Sie waren berüchtigt für ihren grausamen Humor. Die Pferdemänner fürchteten sich vor ihnen. Ich nicht.

»Ich bin Ganda«, murmelte ich trotzig. »Ich bin klein, aber ich habe keine Angst.« Ich packte das ausgestreckte Bein eines steinernen Einhorns und zog mich hoch.

Blitze leuchteten am Horizont. In der Ferne erklang Donner. Das grelle, weiße Licht ließ die Kreaturen unheimlich lebendig erscheinen.

Ich bekam eine Efeuranke zu packen. Es war verrückt, mit welcher Liebe zum Detail die Steinmetze gearbeitet hatten. Zwischen den steinernen Blättern saß ein Schmetterling mit goldenen Flügeln. Und ein Stück weiter oben lauerte ein Wiesel, das den Schmetterling wohl zu einem schnellen Happen zwischendurch auserwählt hatte.

»Warte!«, erklang es unter mir.

Bollo hatte sich aus seiner Starre gelöst. Er war schon bis zum Einhorn hochgeklettert. Er bewegte sich geschickt. Ich wusste, dass er besser klettern konnte als ich. Wenn er nur nicht so ein verdammtes Hasenherz wäre! Wir konnten es schaffen! Eigentlich war er es, der vorne sein sollte. Aber was zählt Geschick, wo der Mut fehlt.

Meine Finger krallten sich in den steinernen Efeu. Ich zog mich weiter hoch. »Pass auf, dass du den goldenen Schmetterling nicht zerdrückst, du blinder Idiot!«, schnauzte ich Bollo an. Ich finde, Fluchen hilft, wenn sonst nicht mehr viel geht.

»Was für 'nen Schmetterling?«

Idiot, dachte ich. Aber der Gedanke an den Abgrund hielt mich davon zurück, mich zu ihm umzudrehen. Ich griff nach den Flügeln eines kleinen Drachen, der mich aus moosumkränzten Bernsteinaugen ansah, zog mich hinauf und hangelte mich weiter zu einem Seeungeheuer, das den Kopf aus gischtgekrönten Wogen erhob. Das Ungeheuer schickte sich an, ein Schiff zu verschlingen, das unter vollen Segeln fuhr. Es hatte Perlmuttaugen, die mich anstarrten, und ein breites Froschmaul mit Hunderten messerscharfer Zähne. Auf dem

Heck des Schiffes hatte sich ein goldener Schmetterling niedergelassen.

Ich stutzte. Der Schmetterling war viel zu groß. Er passte nicht an diese Stelle. Verwundert sah ich ihn an, als er seine Flügel ausbreitete und mit torkelndem Flug zu den Efeuranken des nächstgelegenen Fensters segelte.

Bollo zog sich neben mir auf das schale Sims, das den unteren Rand des Reliefbildes abgrenzte. »Na, jetzt hat dich wohl der Mut verlassen, Fuchsschnauze.« Er machte ein verkniffenes Gesicht. Regen troff von seiner langen Nase. »Los. Wir müssen durch die Falkenluken, bevor das Gewitter uns eingeholt hat.«

»Der Schmetterling ...«, sagte ich verdattert.

»Deine Schmetterlingsgeschichten kannst du mir morgen erzählen. Los, wir klettern über das Meeresrelief. Die Wellen sind gute Griffe. Da werden wir leicht vorankommen.«

»Der Schmetterling lebt.«

»Ja, ja«, war alles, was ich von Bollo dazu zu hören bekam. Ich wusste ja selbst, wie verrückt sich das anhörte. Ich sah zum steinernen Efeu, in dem der Schmetterling verschwunden war. Hatte ich mir das alles nur eingebildet? War ich verrückt vor Angst?

»Ganz schön nass, die verdammten Wellen. Du musst aufpassen, dass du nicht abrutschst«, fluchte Bollo. »Wenn nur der Regen nicht wäre!«

Ein Blitzschlag überflutete die Turmwand mit blendend weißem Licht. Der Donner fuhr mir durch alle Glieder. Neben mir strömte zäher, grauweißer Matsch über die Schmuckleiste des Reliefs.

»Vorsicht! Der Stein löst sich ...« Mir blieben die Worte im Halse stecken. Blauviolette Blitze zuckten über das Gemäuer. Und ich sah, wie sich die Wellen in dem gemeißelten Meer bewegten. Bollo war in die Fluten gestürzt und kämpfte darum, den Kopf über Wasser … Nein, das war kein Wasser! Ich kniff die Augen zu. Das konnte nicht sein! Meine Sinne spielten mir einen Streich!

Als ich blinzelnd aufblickte, sah ich, wie das Meeresungeheuer Bollo verschluckte. Er kam nicht einmal mehr dazu, zu schreien. Von einem Augenblick zum anderen verschwand er in dem riesigen Maul. Und dann richtete das Ungeheuer seine perlmutternen Augen auf mich.

Ich wich ein Stück zurück und trat ins Leere. Mit rudernden Armen versuchte ich, das Gleichgewicht zu halten. Ich griff nach den steinernen Wellen, und meine Hand tauchte in Wasser.

Eine plötzliche Bö packte mein klammes Kleid. Ich stürzte, schlug mit der Schulter gegen einen Drachenkopf und bekam einen krallenbewehrten Fuß zu fassen. Ein Kopf mit glühenden Bernsteinaugen beugte sich zu mir herab. Ich schrie und schlug mit der freien Hand nach der Schnauze mit den fingerlangen Zähnen.

Ein Schwanzhieb traf mich, und ich stürzte erneut. Goldenes Licht schnitt eine breite Bahn durch die Finsternis. Irgendwie hatte ich es geschafft, mich im steinernen Efeu nahe einem Fenster festzukrallen. Ich spürte, wie sich die Ranken bewegten. Dann hörte ich Stimmen. Jemand packte mich. Ich wurde in ein warmes Bett gelegt. Kleine Katzen mit zugewachsenen Lidern und nassem Fell drängten sich wimmernd an mich. Über mir erschien das Gesicht eines Elfen.

»Bollo«, stieß ich noch hervor, dann verließen mich die Kräfte.

Fremde Verwandte

Bollo wurde nicht wiedergefunden. Ich war lange bettlägerig. Ein schweres Fieber quälte mich, und in meinen Albträumen sah ich immer wieder das steinerne Meeresungeheuer, das Bollo verschluckte.

In den wachen Stunden war Emerelle oft bei mir. Sie konnte mir nicht erklären, was geschehen war – oder sie wollte es nicht. Dessen war ich mir nie ganz sicher. So wenig ich mich an die Tage nach dem Unglück erinnern kann, eines weiß ich ganz gewiss: Ich war nie allein. Der Fürst von Alvemer hatte mich gerettet. Er hatte meinen Schrei gehört und mich gerade noch zu packen bekommen, bevor ich in die Tiefe gestürzt wäre.

Es dauerte lange, bis ich wieder auf die Beine kam. Meine Rippen waren geprellt, und das Fieber wollte einfach nicht weichen.

Ich konnte den Anblick des Westturms nicht mehr ertragen, ebenso wenig den von Bildern oder irgendwelchem Schmuckwerk, das in Mauern gemeißelt war. Aus der frechen kleinen Lutin war ein verängstigtes Kind geworden. Und das änderte sich auch dann nicht, als eines Tages ein alter Lutin mit ergrauter Schnauze vor mir stand und behauptete, ich sei die Tochter der Schwester seiner Urgroßmutter. Meinem fiebrigen Verstand ging erst gar nicht auf, was er da sagte. Ich begriff lediglich, dass wir verwandt waren.

Er stellte sich als Gromjan vor, und er machte ganz den Eindruck, nicht sonderlich begeistert von mir zu sein. Sein Fell war zerzaust und zeigte etliche kahle Stellen. Eines seiner Ohren war halb zerfetzt, im anderen trug er drei silberne Ohrringe, von denen Türkise und rote Korallen herabhingen. Er stützte sich auf einen krummen Stock und konnte sich nicht mehr gerade halten. Seine Augen blickten nicht in dieselbe Richtung, wenn er mich ansah, was mir das Gefühl gab, dass er nie wirklich bei der Sache war, wenn er mit mir sprach.

»Du wirst mit mir kommen, Ganda.«

Ich hatte mir gewünscht, nicht länger am Hof der Königin zu bleiben, aber künftig mit einem solchen Vagabunden herumzuziehen, hatte ich mir nicht vorgestellt.

Er zog einen Tabaksbeutel aus seiner speckigen Lederweste, die durch all die prall gefüllten Taschen völlig außer Form geraten war. Amulette aus Tierknochen, Federn und seltsamen Steinen hingen an schweißdunklen Lederriemchen von seinem Nacken. Das Hemd, das er unter der Weste trug, war zu seinen besten Zeiten vermutlich einmal annähernd butterblumengelb gewesen. Jetzt konnte man die Farbe nur noch erahnen. Flecken an Kragen und Ärmeln ließen keinen Zweifel daran, dass Gromjan ein großer Freund von Blaubeeren war, aber wenn er sie verspeiste, hielt er sich ganz offensichtlich nicht an die elfische Tafeletikette.

Der Lutin zog eine Pfeife aus einer anderen Westentasche und stopfte sie leise vor sich hin grummelnd mit Tabak. Dabei verstreute er reichlich Krümel auf den Teppich. Die finsteren Blicke von Meister Alvias, der ihn an mein Lager geleitet hatte, ignorierte er einfach.

Gromjan hielt sich nicht damit auf, mit Feuerstein und Stahl mühsam Funken zu schlagen. Seine Pfeife glühte von einem Augenblick zum anderen auf, als er daran zog, und ihr entstieg ein übel riechender, graugrüner Rauch. Ein Anblick, der Alvias beinahe aus der Fassung brachte. Man konnte es ihm deutlich ansehen, welche Überwindung es ihn kostete, den Lutin nicht zurechtzuweisen. In seinem langen schwarzen Seidenmantel mit dem hohen Kragen und den perlenverzierten Silberstickereien stand er so steif, als habe man ihm einen Stock in den Allerwertesten gerammt.

Der Alte legte den Kopf schief und sah mich nachdenklich an. »Ein Ort, an dem Mauern Freunde verspeisen, ist nicht der, an dem sich eine junge Lutin aufhalten sollte. Stimmst du mit mir darin überein?«

Ich nickte.

»Ich weiß ja nicht, was du hier in all den Monden, die Emerelle dich freundlicherweise unter ihre Fittiche genommen hat, gelernt hast, aber ich habe den Verdacht, es war nichts dabei, was ein Lutin zum Leben braucht. Hast du gelernt, dich zu verwandeln?«

»Nein.«

»Du kannst nicht mal den Hasenzauber? Den hat sogar der dämliche Nikodemus gelernt, und der ist nicht gerade eine Leuchte, was die Magie angeht.«

Ich hatte keine Ahnung, wovon Gromjan sprach.

»Beutelschneiden und jemandem den Verstand rund quatschen kannst du dann sicher auch nicht.«

Alvias räusperte sich leise.

Gromjan blickte zum Hofmeister der Königin auf. »Ja?«

»Ich werde meiner Herrin mitteilen müssen, welchen Lebenswandel du ihrem Ziehkind empfiehlst. Und ich glaube nicht, dass sie davon erbaut sein wird.«

»Und ich glaube nicht, dass du den Mund so voll nehmen solltest. Da, wo ich herkomme, achtet man darauf, dass Kinder nicht von Mauern verschluckt werden oder bei Nacht auf Türmen herumklettern. Zumindest nicht ohne die Anleitung eines Erwachsenen.« Gromjans Stimme klang keckernd wie der Ruf einer Elster. Er blies dem Elfen eine stinkende Tabakswolke entgegen, als wolle er ihn zum Duell fordern.

»Die Tatsache, dass du eingeladen bist, wird dich nicht davor bewahren, dass ich dich an deinen ausgefransten Ohren aus der Burg zerren lasse, wenn du nicht bald wenigstens leiseste Anzeichen von Anstand zeigst.«

»Du glaubst, die Drohungen eines Mannes, dessen Lebensinhalt es ist, auf das Haus einer Frau aufzupassen und darauf zu achten, dass das Besteck nicht falsch neben den Tellern liegt, könnten mich einschüchtern?«

»Ich …«

»Frieden!«

Emerelle trat in die Kammer. Der kleine Raum schien heller zu werden. Sie hatte etwas an sich, das jeden in den Bann schlug. Selbst Gromjan wirkte mit einem Mal verlegen.

»Alvias. Ich erlaube dir, nicht länger die Gegenwart von jemandem erdulden zu müssen, der deine Dienste für Albenmark nicht zu würdigen weiß.«

Der Elf nickte knapp und zog sich dann wortlos zurück.

»Nun zu dir, Gromjan. Dein Auftritt lässt mich daran zweifeln, dass du tatsächlich der richtige Umgang für ein junges Mädchen bist.«

»Dieser Palast ist nicht …«

Emerelle schnitt ihm mit einer harschen Geste das Wort ab. »Was du über die Mauern der Burg zu sagen hast, habe ich bereits gehört. Du wirst Ganda mit dir nehmen, aber sei dir gewiss, ich werde dich aus der Ferne beobachten. Wenn du nicht gut auf sie achtgibst, werde ich dir persönlich das Fell über die Ohren ziehen. Und das ist keinesfalls eine leere Drohung.« Sie sprach in einem Ton, der mich unter der warmen Decke frieren ließ.

Gromjan hob den Kopf und sah sie herausfordernd an; doch ich bemerkte, dass er zugleich seine Rute zwischen die Beine geklemmt hatte.

»Wenn die Ereignisse der letzten Tage der Maßstab sind, kann ich es wohl kaum schlechter machen«, gab er ihr zur Antwort.

Die beiden maßen einander mit Blicken. Ich weiß nicht, woher Gromjan den Mut nahm, der Elfenkönigin derart hochmütig zu begegnen. Was sah er in ihr, das mir verborgen blieb? Emerelle war immer gut zu mir gewesen! Warum tat er das?

»Glaubst du, dass du gehen kannst, Kleines?« Er wandte den Blick nicht von Emerelle ab, während er mich fragte.

»Nicht weit …«

»Bis zum Thronsaal. Und dann nur noch ein paar Schritt. Weiter musst du es nicht schaffen.«

Ich erhob mich und streifte das mohnblütenrote Kleid über. Mir zitterten die Beine vor Schwäche. Aber ich wollte fort, wenn auch nicht von Emerelle. Ich sah mich zögernd um.

»Was suchst du?«, wollte Gromjan wissen.

»Meine Sachen!«

»Von hier wirst du nichts brauchen. Das hat dort, wo wir hingehen, keinen Wert!«

Jetzt, als ich stand, sah ich auch sein Schuhwerk. Es war in einem erbärmlichen Zustand. Um den linken Stiefel hatte er ein Lederband gewickelt, weil sich die Sohle gelöst hatte. Trotz der notdürftigen Reparatur lugten seine Zehen unter dem Leder hervor.

»Ich werde deine Sachen für dich aufheben«, sagte Emerelle freundlich. »Du wirst hierher zurückkommen.«

»Nicht, wenn sie auch nur einen Funken Verstand hat. Du warst das Unglück ihrer Eltern. Sie wirst du nicht auch noch bekommen.« Gromjan packte mich beim Arm und zerrte mich mit sich.

»Was hat sie getan?«

Er antwortete nicht, sondern zog mich hinaus auf den Flur. Trotz seines gebeugten Rückens und des Gehstocks bewegte er sich erstaunlich schnell. Die Albenkinder im Palast starrten uns an. Keiner sagte etwas. Einigen Elfen merkte ich an, dass sie ein Lächeln zurückhalten mussten. Augenscheinlich waren die meisten hier froh, mich loszuwerden.

Schritte folgten uns. Ich hoffte auf Emerelle. Sie musste noch irgendetwas sagen. Sie mochte mich gern! Sie konnte mich doch nicht einfach so von einem alten Lutin aus ihrem Palast zerren lassen! Emerelle war wie eine Mutter für mich gewesen. Sie hätte mich in den Arm nehmen sollen, bevor ich ging, so wie meine eigene Mutter es nicht getan hatte.

Doch als ich zurückblickte, sah ich Alvias. Ausgerechnet Alvias! Sein Gesicht war eine Maske. Es war unmöglich zu erraten, was er dachte. Wollte er sicher sein, dass ich endlich aus seinem Palast verschwand? Oder sorgte er sich um mich?

Wenn ich jetzt auf all die Jahre zurückblicke, die seit jenem Tag verstrichen sind, dann glaube ich fast Letzteres. Doch wer begreift schon Elfen! Jedes Mal, wenn ich meinte, einen von ihnen zu kennen, geschah etwas, das alle vermeintliche Gewissheit hinwegfegte. So wie damals mit Ollowain bei der Sumpfhexe … Doch ich schweife ab.

Gromjan brachte mich in den Thronsaal der Königin. Der große, runde Saal hatte keine Decke, jedenfalls keine, die man hätte sehen können. Hoch über unseren Köpfen zogen dunkle Wolken dahin. Leise plätscherte das Wasser, das in silbernen Kaskaden über die Wände des Saals floss. Man muss wohl ein Elf sein, um den besonderen Reiz nasser Wände zu begreifen. Es war klamm im weiten Rund des Thronsaals, und erstaunlicherweise war außer uns niemand zugegen. Es schien, als sei meine vermeintlich so abrupte Abreise doch besser vorbereitet, als ich zunächst angenommen hatte.

Der Boden war mit einem bunten Mosaik ausgelegt. Es zeigte sieben Schlangen, die sich einander umschlingend bekämpften. Obwohl ich das Bild schon oft gesehen hatte, machte es mir plötzlich Angst. Ich musste wieder an Bollo denken.

Deutlich spürte ich die Magie, die den Saal durchdrang wie ein fetter Wurm einen mürben Apfel. Sie verursachte mir ein unangenehmes Kribbeln unter der Haut. Mein Fell sträubte sich. Es war ein Gefühl, als würde eine eiskalte Klinge unter mein Nackenfell geschoben.

Ich sah, wie Gromjans Schnauzhaare nervös zuckten. Er ließ sich auf ein Knie nieder und winkte mir zu, in den weiten Kreis zu treten, den die verschlungenen Schlangenleiber bildeten.

Wenn man etwas Besonders fürchtet, dann zieht es den Blick an, obwohl man es eigentlich gar nicht sehen will. So war es bei mir mit den Schlangen. Sie wirkten ziemlich lebendig.

Währende Gromjan mit der linken Hand über den Boden strich und irgendetwas leise vor sich hin murmelte, konnte ich die steinernen Schlangen nicht aus den Augen lassen. Eine war aus schneeweißem Marmor, die anderen aus meerdunkler Jade, hellem Türkis, purpurrotem Porphyr, honiggelbem Bernstein und grauem Granit mit feinen, silbernen Einsprengseln. Die siebte Schlange aber war aus nachtschwarzem Onyx. Sie machte mir am meisten Angst. Sie schien mich zu beobachten wie der mörderische Fisch am Westturm.

Ich wusste, dass wir inmitten eines Albensterns standen. Einer magischen Pforte, die Reisen von Hunderten von Meilen auf wenige Schritte zu verkürzen mochte. Unzählige Male war ich mit meiner Mutter durch Albensterne getreten. Doch keiner war wie dieser gewesen.

Gromjan packte mich beim Nackenfell. »Du läufst mir nicht davon!«

Ich hätte gar nicht laufen können, meine Beine gehorchten mir nicht mehr. Ich wollte schreien, aber ich hatte die Gewalt über meine Stimme verloren. Die Angst hatte vollständig von mir Besitz ergriffen. Und sie wollte mich ausliefern. Mich dem Schrecken überlassen.

Ein knirschendes Geräusch übertönte die Melodie des fließenden Wassers. Es hörte sich an, als reibe Stein an Stein. Die Schlangen, die uns umgaben, waren zum Leben erwacht. Ihre Leiber scheuerten aneinander. Staub stieg vom Boden auf.

Die grüne und die weiße Schlange erhoben sich aus dem Mosaik. Sie wiegten sich zum Klang von Gromjans Worten. Er schien keine Furcht zu kennen und sprach mit fester Stimme.

Nun neigten die Schlangen ihre Häupter einander zu. Sie überragten uns um viele Schritt. Wie Verliebte, die vor dem ersten Kuss zögern, sahen sie einander an, suchten nach Wahrheit in den steinernen Augen des anderen.

Gromjan sprach ein letztes, befehlendes Wort.

Gespaltene Zungen fuhren über harte Lippen. Gleißendes Licht blendete mich. Wo gerade noch die beiden Leiber zu sehen gewesen waren, erhob sich nun ein Bogen, der in allen Regenbogenfarben erstrahlte. Hinter ihm lag Finsternis wie eine Mauer aus poliertem Stein. Ein leuchtender Pfad schnitt durch das Dunkel. Ich kannte es gut, das Netz der Albenpfade. Doch zum ersten Mal seit langer Zeit hatte ich Angst, es zu betreten.

Gromjan zerrte mich hinter sich her. Ich spürte, dass etwas Böses im Dunkel lauerte, und hütete mich, den schmalen Saumpfad mit einem Schritt zu verfehlen.

Es war kein weiter Weg. Das war es fast nie. Vor uns erstrahlte ein weiterer Bogen aus Licht. Eine Pforte, die in die grenzenlose Dunkelheit geschnitten war. Warmer Wind wehte uns entgegen. Und ein blauer Himmel spannte sich über wogendes Gras.

Sobald wir die Pforte durchschritten hatten, fanden wir uns am Fuße eines Hügels wieder. Gras, so hoch, dass es mir fast bis über den Kopf reichte, wogte im warmen Wind. Es war, als seien wir in ein grünes Meer getreten, das uns gestattete, auf seinem Wasser zu laufen.

Gromjan nickte in Richtung der Hügelkuppe, und ohne abzuwarten, ob ich etwas zu sagen hatte, ging er voraus. Das magische Tor hinter uns sank in sich zusammen. Ein weißer Felsbrocken, in dessen Flanke Pferdemänner und Büffel geritzt waren, markierte den Ort, an dem es eben noch einen Weg durch die Finsternis des Nichts gegeben hatte.

Ich sah mich um. Das Grasmeer reichte in jeder Richtung bis zum Horizont. Es gab keine Landmarken, weder Baum noch Felsen. Nur sanfte Hügel, die in meinen Augen alle gleich aussahen.

Ich fühlte mich verloren in dieser weiten, eintönigen Gegend. Hier gab es kein Ziel, nichts, wo das Auge hätte verweilen können. Es war, als sei ich geschrumpft, bis ich noch kleiner und bedeutungsloser war als sonst.

Ich beeilte mich, Gromjan zu folgen, der einen Hohlweg durch das hohe Gras getrampelt hatte.

»Jetzt gleich wirst du deine Zukunft sehen«, sagte er. Seine Stimme klang irgendwie gehetzt. Hatte ihn der Zauber, mit dem er das magische Tor geöffnet hatte, erschöpft?

Ein seltsamer Geruch trieb mit dem Wind. Gänzlich fremd. Obwohl … Unter allem Ungewohnten, kaum wahrnehmbar, lag der Duft nach Gebratenem.

Endlich erreichte ich den Hügelkamm, und diesmal versagte meine Stimme nicht den Dienst.

Ich stieß einen Schrei aus und begann zu laufen.

Unter mir am Hang lagerte eine Herde Drachen!

Drachenkind

Ich kann schnell laufen, jedenfalls für eine Lutin! Gromjan ließ ich bald hinter mir, und ich wäre ihm trotz meiner Schwäche sicher entkommen, wenn ich nicht dauernd voller Panik über die Schulter geblickt hätte. Meine große Flucht endete mit einem ebenso unerwarteten wie heftigen Schlag. Es riss mich von den Beinen. Spitze Knie bohrten sich in meine Brust, meine Arme wurden zu Boden gedrückt. Dicht über mir war ein Fuchsgesicht, und ich spürte warmen Atem auf meiner Nase.

»Du bleibst hier.«

Ich wand mich wie ein Aal, aber ich vermochte dem Lutin nicht zu entkommen. Er war etwas älter als ich, drahtig und hoffnungslos stärker.

»Die Drachen!«, stieß ich keuchend hervor. »Wir müssen fliehen! Sie werden dich auch fressen. Lass mich los. Sei nicht dumm!«

»Drachen?« Der Lutin sah mich an, als sei ich nicht recht bei Trost.

»Ich glaube, sie meint die Hornschildechsen«, erklang die vertraute Stimme von Meister Gromjan. »Wie es scheint, hat ihre Mutter ihr nicht gerade viel über unser Leben erzählt, Elija.«

Es stimmte. Meine Mutter hatte nur selten von anderen Lutin gesprochen. Sie hatte behauptet, meine Verwandten seien alle tot. Und wie sich bald herausstellen sollte, war das – wörtlich genommen – auch nicht gelogen.

Gromjan kniete neben mir nieder. Er tippte mir mit einem dünnen Bambusrohr auf die Nasenspitze. »Hör mir jetzt gut zu, Kleine. Du bist hier, weil die Elfenkönigin es wünscht. Und ihre Wünsche sind gleichbedeutend mit Befehlen. Sie ist nicht so nett, wie du vielleicht denkst. Sie wollte dich nicht länger in ihrem Palast haben. Ich sollte dich so weit wie nur möglich vom Herzland fortschaffen. Wir sind hier im nördlichen Windland. Ich kann dir versprechen, das ist verdammt weit von deiner Elfenburg weg. Du solltest besser nicht versuchen fortzulaufen. Hier gibt es nichts außer Gras, Hügeln und Himmel. Auch wenn es jetzt noch recht warm ist, wird doch sehr bald der Winter kommen. Und der tötet jeden, der allein durchs Windland streift. Elija, steh auf!«

Der junge Lutin gehorchte sofort. Ich atmete tief ein und rieb mir die schmerzende Brust. Der Mistkerl Elija hob einen langen Stecken auf, und meine schmerzenden Knie verrieten mir, auf welche Weise ich zu Fall gekommen war.

»Hör mir gut zu«, sagte Gromjan leise. »Wenn du noch einmal fortläufst, wird dich niemand aufhalten oder dir folgen. Komm mit uns oder lass es bleiben. Der Befehl der Königin lautete, dich weit fortzubringen. Das habe ich getan. Was nun mit dir geschieht, liegt in deiner Hand.«

»Aber die Drachen …«

»Dumm und blind ist sie auch noch! Komm mit!«

Ich raffte mich auf. Meine Beine wollten in die entgegengesetzte Richtung laufen, aber mein Stolz war so tief getroffen, dass er all mein Handeln bestimmte. Das ist eine Eigenart von mir, die mich immer schon in Schwierigkeiten brachte.

Ich folgte Gromjan zur Hügelkuppe. Elija ging an unserer Seite und grinste mich die ganze Zeit über an.

Natürlich waren sie nicht fort. Unter uns, am Fuß des Hügels, weideten riesige Echsen. Ihre Köpfe waren von weiten Hornkragen eingefasst, die ihre Körper wie Schutzschilde deckten. Aus Nase und Stirn wuchsen ihnen drei geschwungene, Ehrfurcht gebietende Hörner. Ein besonders großer Bulle weidete nicht, sondern sah sich aufmerksam um.

Auf den Rücken aller größeren Tiere waren Plattformen aus Bambusrohren festgezurrt. Niedrige schwarze Zelte waren darauf aufgeschlagen. Von Stangen wehten farbenprächtige Banner, aber auch Hemden und Unterhosen, die zum Trocknen aufgehängt waren.

Von jeder Plattform hingen mehrere Seile und Strickleitern. Ich sah Kinder auf den Rücken der großen Echsen herumklettern. Die Tiere störten sich nicht im Mindesten an deren Kapriolen.

Armbrüste waren auf Schwenkarmen arretiert und ließen ahnen, dass mein Volk nicht nur Freunde hatte.

Der große Bulle blickte in unsere Richtung. Schwarze, geschlitzte Pupillen musterten mich. Er legte den Kopf in den Nacken und stieß einen langen, kehligen Ruf aus.

Alle Tiere hörten auf zu grasen. Die Kinder auf den Plattformen verharrten im Spiel. Köpfe lugten aus den Zelten.

Gromjan zog unter seiner Weste ein Horn hervor und antwortete dem Ruf der Echse. Nun brach allgemeiner Jubel aus. Der alte Lutin wurde begrüßt, als habe man nicht erwartet, ihn noch einmal lebend wiederzusehen. Ich verstand nicht, warum man Emerelle so sehr fürchtete.

Ich folgte den beiden ins Lager. Zwischen den großen Echsen liefen Ziegen, ein paar Esel und Hühner umher. Gromjan wurde umarmt, eine Lutin brachte ihm etwas zu trinken. Zu mir aber hielten alle Abstand. Und ich achtete darauf, den Echsen nicht zu nahe zu kommen. Ihre Mäuler waren so groß, dass ein Lutin nicht mehr als zwei Happen für sie war. Wie konnte man mit solchen Tieren zusammenleben?

Es war ein junges Lutinmädchen, das als Erstes zu mir kam. Sie hatte sich das linke Ohr mit einer rosa Schleife fast abgeschnürt. Offensichtlich stimmte etwas nicht mit ihr.

»Du riechst komisch«, sagte sie und schnupperte übertrieben an meinem Kleid.

Die Nasen der Lutin sind sehr gut. Es wäre nicht nötig gewesen, die Schnauze in die Falten meines Kleides zu stecken.

»Sie stinkt nach Elfen«, erklang es hinter mir. Elija. Er trat an die Seite des Mädchens. »Gromjan erzählte gerade, sie sei die Ziehtochter der Königin Emerelle gewesen. Und sie hätte es bei Hof mit ihren Streichen so toll getrieben, dass schließlich ein Turm ihren besten Freund gefressen hat.«

Die Kleine wich erschrocken vor mir zurück. Ich war sprachlos. Das war einfach nicht die Wahrheit! Aber es war so dicht daran, dass ich Schwierigkeiten haben würde, den anderen die feinen Unterschiede deutlich zu machen.

Das war typisch für die Lutin, wie ich sehr schnell lernen sollte. Sie konnten fast nie der Versuchung widerstehen, eine Geschichte durch leichte Ausschmückungen noch etwas spektakulärer zu machen. Aber keine Sorge, ich bin natürlich eine absolut aufrichtige Chronistin, und alles, was ich über mein Leben schreibe, ist die Wahrheit und nichts als die Wahrheit. Natürlich lasse ich ein paar uninteressante Stellen aus, aber das ist ja etwas ganz anderes …

»Das ist meine Schwester Mira«, fuhr Elija fort. »Du solltest lieber nett zu ihr sein.« Er sah mich so grimmig an, als hätte ich Mira etwas getan.

Ich verstand ihn nicht. Andererseits war hier alles irgendwie seltsam.

Bevor ich etwas dazu sagen konnte, holte mich Gromjan zu sich in die Mitte der Lutin. »Dies ist Ganda. Sie gehört zu unserer Sippe. Ihre Mutter war Sesha, die Schwester meiner Großmutter, und ihr Vater war niemand Geringerer als Merkad Flinkfinger.« Wäre Gromjan in diesem Augenblick von einer der Hornschildechsen verschlungen worden, dann wäre die Reaktion der Lutin wohl kaum anders ausgefallen als auf diese Enthüllung. Es herrschte sprachloses Entsetzen. Einige rückten von mir ab, als hätte ich die Pest.

»Warum hast du sie hierher gebracht?«, rief jemand aus der Sicherheit der Menge.

»Weil sie eine von uns ist!«

Das war schon wieder nicht die ganze Wahrheit, aber diesmal war ich ihm dankbar für seine Worte. Ich stellte mich ganz dicht an seine Seite. Von meinem Vater hatte Sesha nie gesprochen.

»Merkad starb vor mehr als achtzig Jahren«, sagte eine Alte mit rotgrauem Fell. »Ich bin die Älteste aus unserer Sippe, und auch ich habe Merkad und Sesha nie gesehen. Was haben wir mit dem Kind zu schaffen? Bist du dir überhaupt sicher, dass sie Merkads Tochter ist? Sie könnte doch irgendein Balg sein, das Emerelle uns unterschiebt.«

Wie ich bald herausfand, war es Elijas Großmutter, die da sprach. Sie war eine gehässige alte Ziege. Und sie hörte niemals auf, über mich zu hetzen.

»Sehe ich aus wie ein Welpe, Zita? Oder redest du solchen Unsinn, weil du noch immer wütend bist, dass ich noch nicht mal betrunken in dein Bett gestiegen bin?«

Zita blieb ganz ruhig. »Komm hier nicht mit Bettgeschichten. Antworte! Woher weißt du, wer die Kleine ist?«

Gromjan machte eine abwehrende Geste. »Was ist Wissen? Ich habe es im Gefühl …«

Zita lachte auf, sodass man tief in ihr zahnloses Maul blicken konnte. »So wie du damals im Gefühl hattest, dass Orimedes und seine Pferdemänner ganz gewiss ihren Met mit Nelken würzen würden, wenn man ihnen nur genügend getrocknete Nelken zum Kauf anbieten würde.«

Ringsherum wurde gekichert.

»Was bist du nur für ein kaltherziges Weib, Nelken mit Kindern zu vergleichen.« Gromjan bedachte Zita und die anderen der Sippe mit vernichtenden Blicken. »Los, ihr habt doch sicher alle noch etwas zu tun! Macht euch davon. Wir müssen weiterziehen. Das gute Gras ist längst abgeweidet, und der Platz hier stinkt nach Ziegenpisse. Los, macht euch nützlich!« Er klatschte in die Hände. Murrend verteilten sich die anderen.

Gromjan starrte den Bullen an, der ihn mit seinem lauten Ruf als Erster begrüßt hatte. Ich hatte das Gefühl, dass die beiden einander verstanden. Die große Echse stieß ein paar grunzende Laute aus und stieß drängelnd einen anderen Bullen an. Dann setzte sich die ganze Herde in Bewegung.

»Komm, Ganda.« Gromjan deutete zum Zelt auf dem Rücken des Leitbullen. »Dort ist dein neues Zuhause, bis wir etwas Besseres für dich finden.«

Ich war überrascht, mit welcher Leichtigkeit der alte Lutin die schwankende Strickleiter zum Rücken der Echse hinaufkletterte. Er duckte sich unter einer Brüstung aus Bambusrohren hindurch und stieg zum faltigen Nacken hinab. Dort schlug er klatschend mit der Hand auf die zähe, zerfurchte Echsenhaut. »Es ist gut, wieder zu Hause zu sein, Zweistoß. Du hast gut auf sie alle aufgepasst. Ich danke dir, mein Freund.«

So sentimental hatte ich Gromjan bisher noch nicht erlebt. Ich stand auf der leicht schwankenden Plattform dicht hinter einer fest auf dem Geländer montierten Armbrust und sah ihm zu. Vielleicht steckte unter seiner harten Schale ja ein weicher Kern? Aber schon im nächsten Augenblick machte er mir klar, dass ich ihm bei Weitem weniger bedeutete als eine alte, gehörnte Riesenechse.

»Komm, ich zeige dir, wo du die nächsten paar Nächte schlafen wirst.« Er brachte mich in das schwarze Zelt. Zum ersten Mal in meinem Leben wurde mir klar, dass die Bedeutung eines Mannes nichts über seinen Ordnungssinn aussagt. Gromjan war der Anführer dieser Lutinsippe. Emerelle, die Herrin der Welt, kannte ihn! Aber in seinem Zelt sah es aus wie auf einer Müllschütte. Kleider lagen wahllos durcheinander. Fünf oder sechs Teller mit Essensresten standen herum und schimmelten vor sich hin. Es roch nach dem alten, abgestandenen Schweiß zu lange nicht gewaschener Kleidung und nach einem Nachttopf, der vor Gromjans Abreise benutzt, aber nicht mehr geleert worden war.

Von den Streben des Zeltes hingen Dutzende Amulette, die leise klickend aneinanderschlugen.

»Ich fürchte, hier sollte mal ein bisschen aufgeräumt werden. Du musst wissen, ich bin entsetzlich viel beschäftigt ...« Er streckte sich. Dann deutete er dorthin, wo sich die Holzteller türmten. »Da in der Ecke kannst du schlafen. Zum Glück liegt es Mädchen ja im Blut, aufzuräumen. Du solltest ein wenig Ordnung schaffen. Heute Abend werden wir ein Wasserloch erreichen. Da könntest du Geschirr und Kleider waschen.«

»Und wenn ich das nicht tue?«

Er sah mich durchdringend an. »Ich fürchte, im Augenblick bin ich der einzige Freund, den du hier in der Sippe hast. Gewöhn dich besser schnell daran, dass du hier nicht mehr in einem Elfenpalast lebst und von hart arbeitenden Kobolden den Arsch nachgetragen bekommst. Hier musst du selbst anpacken.«

»Und wenn ich dir nicht den Arsch nachtrage, dann kann ich sehen, wie ich allein im Grasland zurechtkomme. Richtig?«

Er sah mich lange an. Ich hätte so nicht mit ihm reden sollen, das war nicht klug. Es war mir einfach so herausgerutscht. Überraschenderweise schmunzelte Gromjan. »Mir scheint, du kommst nach deinem Vater. Der hat sich auch sein Leben lang in Schwierigkeiten gebracht.«

»Was weißt du über ihn?«

Er schüttelte den Kopf. »Er war ein großer Dieb. Was er tat, war nicht einfach nur zu stehlen ... Er war ein Künstler. Außerdem hat er sich nur an denen vergriffen, die ohnehin mehr als genug zum Leben hatten. Auch hat er ein paar

Dinge gesagt, die heute noch vielen Kobolden in den Köpfen herumspuken. Aber das soll für heute genügen.«

»Wie ist er gestorben?«

Gromjans Gesicht nahm einen verschlossenen Ausdruck an. »Das erzähle ich dir, wenn du älter bist. Jetzt mach dich an die Arbeit!«

»Aber wie kann er vor achtzig Jahren gestorben sein? Ich bin nicht einmal sechs. Ich ...«

»Das hat deine Mutter geschafft!« Er schüttelte den Kopf. »Sie war vertraut wie kaum eine andere mit dem goldenen Netz. Ich versteh es nicht. Es sei denn ...«

Ich wartete, aber Gromjan hüllte sich in Schweigen. Endlich bückte er sich und wühlte zwischen den schmutzigen Kleidern herum, bis er schließlich einen stinkenden, alten Sack hervorzog. »Du wirst keine Ruhe geben, nicht wahr, Ganda? Nimm das hier und gesell dich zu den anderen Kindern am Ende der Karawane. Sie werden dir zeigen, was zu tun ist. Und lass dich nicht bescheißen!« Er brach in schallendes Gelächter aus.

Mit einem unguten Gefühl verließ ich das Zelt. Ich überlegte kurz, ob ich zu Zita gehen sollte. Sie wusste auch alles, dessen war ich mir sicher. Aber ihr konnte man bestimmt noch weniger trauen als Gromjan.

Unsicher stieg ich von der alten Hornschildechse. Die Karawane erstreckte sich inzwischen auf eine Länge von etwa einer halben Meile. Die Echsen gingen nicht hintereinander, sondern wanderten in einer offenen Formation. Sie weideten im Gehen und trampelten eine breite Schneise durch das Gras. Alle Lutin, an denen ich vorüberkam, starrten mich unverhohlen an. Aber niemand sprach mit mir.

Die meisten Frauen und Kinder gingen barfuß. Die Kinder trugen oft nur ein Hemd, einige waren ganz nackt. Die Frauen aber waren in enge Reithosen gekleidet. Dazu trugen sie grobe Leinenhemden und knappe, bunt bestickte Westen. Mir wurde bewusst, dass ich als Einzige ein Kleid trug.

Viele der Männer ritten auf Eseln. Auch sie trugen enge Hosen, dazu Schaftstiefel. Aus breiten Bauchbinden ragten Messergriffe. Die meisten ritten mit nacktem Oberkörper. Einige prahlten mit speckigen, abgewetzten Lederjacken und grellbunten Seidenschals.

Ich beobachtete sie verstohlen. Sie wirkten zufrieden, lachten miteinander. Könnte ich so sein wie sie? Würden sie mich aufnehmen? Obwohl sie sich ablehnend verhielten, fühlte ich tief im Herzen, dass ich endlich ein richtiges Zuhause gefunden hatte. Hier gehörte ich hin. Ich war unter meinesgleichen. Und ich würde alles dafür tun, dass sie mich akzeptierten.

Am Ende der Karawane ging allein Mira. Sie summte leise vor sich hin und war so in Gedanken versunken, dass sie mich erst bemerkte, als ich vor ihr stand. Sie zog einen Sack neben sich her, der mit irgendetwas halb gefüllt war. Holz war es nicht!

»Hallo, Drachenkind!« Sie ahmte jemanden nach. War es Zita?

»Was soll das heißen – Drachenkind?«

Sie fing haltlos an zu kichern. »So nennt meine Großmutter dich. Sie sagt, du bist verflucht. Und dass du noch dümmer bist als ich, weil du die Hornschildechsen für Drachen gehalten hast. Elija hat uns das erzählt.«

Mira denkt sich nichts dabei, redete ich mir ein. Wenn ich ihr zu verstehen gäbe, wie blöd ich sie fand, dann wäre ich hier hinten ganz allein geblieben.

»Gromjan hat gesagt, du sollst mir zeigen, was am Ende der Karawane zu tun ist.«

Plötzlich machte die Kleine ein ganz ernstes Gesicht. »Ich musste noch nie etwas zeigen. Aber ich kann das! Wir glotzen den Echsen auf den Arsch. Das ist schon alles.«

Ich seufzte. »Das ist alles? Warum tun wir das?«

Wieder stieß sie ihr albernes Kichern aus. »Du bist wirklich noch dümmer als ich! Wir warten natürlich darauf, dass sie was fallen lassen. Und dann laufen wir hin und holen es uns.«

Das konnte nicht wahr sein! »Wir sammeln Echsenscheiße?«

»Natürlich. Für das Feuer heute Abend. Sonst gibt es hier nichts, um Feuer zu machen. Sieh mal, Wolfsbeißer lässt was fallen! Aber das gehört mir! Ich hab es zuerst gesehen!« Sie lief davon.

Ungläubig beobachtete ich, wie sie die großen Dungballen mit bloßen Händen in ihren Sack schaufelte.

Ich seufzte. Wie hatte ich darauf kommen können, dass Gromjan mir einen Gefallen tat, indem er mich hierhinschickte, statt mich sein stinkendes Zelt in Ordnung bringen zu lassen?

Langsam ging ich auf Mira zu.

»Das war reichlich«, jubelte sie. »Komm, du kannst zwei Handvoll von mir abbekommen.« Sie streckte mir den geöffneten Sack entgegen. Er stank nicht so schlimm, wie ich erwartet hatte. Dennoch lehnte ich es ab, hineinzugreifen.

»Dein Kleid ist sehr hübsch. Ich mag Rot. Darf ich es einmal anfassen?«

Ich sah auf ihre Hände.

Mira bemerkte den Blick und putzte sich die stinkenden Finger an ihrem Hemd ab. Wie es schien, tat sie das häufig. Ohne meine Zustimmung abzuwarten, tastete sie über den feinen Elfenstoff.

»Das fühlt sich ja besser an als Butterblumenblüten«, schwärmte sie. »Meine Großmutter hat gesagt, ich werde es bekommen, wenn sie dich wegmachen.«

Ich wich einen Schritt zurück. »Was soll das heißen?«

Mira zuckte mit den Schultern. »Sie hat das halt so gesagt. Lutin nehmen niemals Fremde unter sich auf. Sie will dich wegmachen. Und dann bekomme ich dein Kleid.«

In diesem Augenblick fühlte ich mich genau so wie an dem Abend, als der steinerne Fisch Bollo verschluckt hatte. Es war, als niste etwas Kaltes in meinem Bauch. Ich begann zu frösteln, obwohl es warm war.

»Ich muss zurück zu Gromjan!«

Ungeliebt

Ich verbrachte viel Zeit in Gromjans Zelt. Er schien zu spüren, dass etwas nicht stimmte, redete aber nicht mit mir darüber. Er schickte mich nicht mehr fort, um der Herde hinterherzulaufen und Echsendung zu sammeln. Und ich sorgte dafür, dass sein Zelt und seine Kleidung so sauber wie wohl nie zuvor waren. Ich polierte sogar die Bambusrohre. In den Boden des Zeltes waren Truhen eingelassen, in denen der alte Lutin seine Habseligkeiten verstaute. Nicht, dass es viel gewesen wäre.

Ich bekam mit, dass Zita schlecht von mir sprach. Wann immer ich das Zelt verließ und auf der Plattform stand, spürte ich die Blicke der anderen. Und Mira war geradezu besessen von meinem roten Kleid. Zweimal drang sie nachts in das Zelt ein und stahl es. Ich musste dann eines der alten, verschlissenen Hemden Gromjans anziehen und konnte Mira zwischen den Echsen stolzieren sehen. Sie führte sich auf, als sei sie eine Prinzessin. Sie trug einen kleinen Schirm aus Bambusrohr und Papier, um sich gegen die Sonne zu schützen, deren Strahlen jeden Tag weniger wärmten. So ging es, bis der Alte mein Kleid zurückholte

Obwohl wir nach Süden wanderten, wurde es mit jedem Tag kälter. Immer unerbittlicher fegte der Wind über das weite Grasmeer. Einmal sahen wir in der Ferne eine Büffelherde.

Wie ein brauner Fluss zerteilte sie das Grün. Wir hielten mehr als eine Meile Abstand und lagerten. Doch selbst auf diese Entfernung konnte man noch die Erde beben spüren. Ein ununterbrochener, leiser Donner wogte über das Land und sorgte für ein angenehmes Kribbeln im Bauch.

Die Hornschildechsen schienen von den Büffeln beunruhigt zu sein. Sie stellten sich im Kreis zusammen, die Köpfe mit den langen Hörnern nach außen gerichtet. Ihre Jungen versammelten sich in der Mitte des Kreises, ebenso die Ziegen und Esel der Lutinsippe. Die breiten Hornkragen der Echsen waren wie die Mauern einer Burg. Und obwohl die Lutin mich nicht wirklich als eine der Ihren aufgenommen hatten, fühlte ich mich sicher und geborgen in dieser lebenden Festung, von der ich ein Teil war.

Bis in die Abenddämmerung hinein sah ich die Herde in der Ferne vorüberziehen. Es waren Tausende von Tieren. Nie zuvor hatte ich so etwas gesehen. Das Land lebte und war keine leere Grasfläche, wie ich bisher immer gedacht hatte.

Mit der Dämmerung kamen die Kentauren. Es war nicht der Klan der Frostkinder, bei denen ich gelebt hatte, sie schienen mir wilder. Sie hatten sich Zeichen mit gelber und roter Farbe auf Fell und Haut gemalt und waren allesamt nackt.

Es war das erste Mal, dass an jeder Armbrust ein Lutin herumlungerte. Sie hatten die Waffen nicht gespannt, keiner der mächtigen Bolzen war zu sehen. Aber ich ahnte, dass sich das binnen Augenblicken ändern konnte.

Zweistoß war unruhig. Er schnaubte und stampfte mit den schweren Füßen. Ich kauerte in seinem Nacken, gut durch den dicken Hornschild geschützt, und sah zu, wie Gromjan zum Anführer der Kentauren ging. Sie sprachen kurz miteinander, dann rief Gromjan meinen Namen.

Mir schlug das Herz bis zum Hals. Was wollte er? Mich verschenken? Hatte er mich und den Unfrieden, den ich in den Klan gebracht hatte, am Ende satt?

Ich duckte mich tiefer hinter den Hornkragen, aber es nutzte nichts. Er wusste, wo ich war. Und als er zum dritten Mal nach mir rief, kamen meine lieben Verwandten, zerrten mich von der großen Echse und brachten mich zu ihm.

Ich sah Zita, die am Geländer ihrer Plattform lehnte und mit bösem Lächeln verfolgte, was geschah. »Solche wie dich fressen sie«, zischte sie mir zu. Ich wusste, dass die Frostkinder so etwas nie getan hätten. Aber das hier war ein anderes Kentaurenvolk.

»Dies ist Sorbas, der Fürst vom Klan der Donnerhufe. Sie sind die Hüter der Kinder der Erde. Er hat einen etwas merkwürdigen dailischen Dialekt, den ich nicht gut verstehe. Es wäre nett, wenn du mir helfen würdest, mich mit ihnen zu unterhalten.«

Ich tat es mit Feuereifer, obwohl der Dialekt von Sorbas nicht sehr ungewöhnlich war. Heute glaube ich, dass Gromjan meine Stellung innerhalb der Sippe festigen wollte, indem alle beobachten konnten, wie ich an seiner Seite etwas Bedeutsames tat.

Die Donnerhufe handelten Salz und Gewürze ein. Sie tauschten es gegen Felle und kleine Türkise, wie man sie mit etwas Glück in den Flussläufen finden konnte. Es wurde auch über Grabhügel gesprochen. Sorbas machte sich Sorgen, weil sein Vater krank war, und er befürchtete, dass bald ein Totenfest anstünde. Was genau das zu bedeuten hatte, begriff ich damals noch nicht. Die Kentauren behandelten uns mit Respekt, denn sie brauchten uns. Eine Abhängigkeit, die wir ihnen übel vergolten haben.

Noch bevor der letzte Lichtstreif am Horizont verschwunden war, zogen sich die Pferdemänner wieder zurück. Unsere Hornschildechsen aber blieben als schützender Kreis stehen und rührten sich die ganze Nacht nicht von der Stelle.

Am nächsten Morgen war wieder einmal mein rotes Kleid verschwunden. Gromjan hatte keine Lust, Mira hinterherzujagen. Er gab mir ein merkwürdiges langes Hemd und befahl mir, mit ihm hinaus ins hohe Gras zu gehen. Wie Dolche spürte ich die Blicke der anderen im Rücken. Und ich schämte mich, mit nichts als einem alten Hemd am Körper herumzulaufen. Auch wenn es für Gromjans Verhältnisse ungewöhnlich sauber war.

Zita saß am Dungfeuer in der Mitte des Lagers. Sie spuckte einen Priem Kautabak aus, als ich an ihr vorübermusste. »Endlich tust du, was getan werden muss, Grom. Lass sie einfach liegen. Sie ist nicht der Mühe wert, ein Loch für sie auszuheben.«

»Soll dir die Zunge verfaulen«, zischte ich sie an.

»Du wirst verfaulen.«

»Nicht zu deinen Lebzeiten!«

»Ach … Laufe ich in einem Totenhemd herum oder du?«

»Das … das stimmt nicht!« Ich sah an mir herab.

»Nicht? Und warum reicht es dir bis fast zu den Knöcheln?«

»Ganda!«, rief Gromjan scharf. »Trödel nicht!«

Ich beeilte mich, zu dem alten Lutin aufzuschließen, das böse, meckernde Lachen Zitas im Nacken.

»Grom …«, begann ich atemlos.

»So nennen mich Freunde. Du nicht! Für dich bin ich von nun an Meister Gromjan.«

»Gromjan ...«

Er blieb stehen und drehte sich zu mir um.

»Meister Gromjan«, verbesserte ich mich schnell.

Er sah mich an, spielte gedankenverloren mit den wenigen verbliebenen Haaren seines Schnauzbarts, sagte aber nichts.

»Das Totenhemd ...«

»Ja. Was ist damit?«

»Warum hast du mich in ein Totenhemd gesteckt? Soll ich ...« Ich brachte es nicht über die Lippen.

Gromjan legte den Kopf schief und sah mich verwundert an. Dann rückten seine Brauen zusammen. »Hältst du es für schicklich, in einem kurzen Hemdchen herumzulaufen? Ich nicht! Du bist ziemlich groß für dein Alter. Und ...« Er grummelte etwas Unverständliches.

»Aber warum ein Totenhemd? Wer besitzt denn zu Lebzeiten sein Totenhemd?« Ich sah auf die verwaschenen Blaubeerflecken auf dem Hemd. »Und wie kann man sein Totenhemd schon zu Lebzeiten tragen?«

Gromjan tat meine Worte mit einem Schulterzucken ab. »Wenn nichts anderes sauber ist. Man sollte da nicht kleingeistig sein. Ich hatte es übrigens auch an, als ich dich bei Emerelle abholte. Wenn ich dir einen Rat geben darf: Hör nicht auf Zita. Ihre Worte sind Gift. Alte Hexe. Ich mache mir auch ernsthaft Sorgen um die Kleinen. Unter der Fuchtel von Zita aufzuwachsen ... Aber so sind unsere Gesetze. Sie ist die nächste Verwandte von Elija, Nikodemus und Mira. Ich kann da nichts machen.«

»Mira sagt, Zita will mich *wegmachen*.«

»Ich glaube auch, dass sie es versuchen wird. Deshalb sollten wir uns hier nicht länger die Beine in den Bauch stehen und hinaus ins Grasland gehen. An einen stillen Ort, an dem wir allein sind. Es wird höchste Zeit, dass ich mir einmal ansehe, was du bei den Elfen so gelernt hast.« Er klopfte auf einen dünnen Bambusstock, den er mit einer Schlaufe am obersten Knopf seines Mantels eingehakt hatte. »Und ich rate dir: Enttäusche mich nicht. Ich bin kein sehr geduldiger Lehrmeister.« Mit diesen Worten wandte er sich wieder um und stapfte mir voraus in das unheimliche, hohe Gras.

Ich hatte von Elija schon gehört, dass Gromjan seine Schüler gern prügelte. Und irgendwie spukten mir Zitas Worte noch im Kopf herum. Mir war bewusst, dass die anderen mich nicht liebten und dass ich eine Prüfung für den Frieden im Klan darstellte. Und ausgerechnet dieser brummelige alte Lutin, der sich einen Spaß daraus machte, mich sein Totenhemd anziehen zu lassen, war mein einziger Verbündeter. Ich war verloren, ganz gleich, was ich tat. Es sei denn, er fand Gefallen daran, dass seine Sachen jetzt immer sauber waren. Würde das reichen, mir das Leben zu retten? Ich sagte kein Wort mehr und folgte ihm.

In den nächsten Wochen war ich so still und duckmäuserisch wie noch nie in meinem Leben. Aber nichts änderte sich. Mira war nett zu mir, meistens. Aber das lag wahrscheinlich vor allem an meinem roten Kleid. Obwohl sie nicht gerade pfleglich damit umging, sah es noch aus wie am ersten Tag. Es schien, als bringe ein Zauber es über Nacht wieder in Form und lasse alle Flecken verschwinden, selbst wenn sie im Kleid zum Echsendungsammeln gegangen war.

Die anderen Lutin ignorierten mich oder sie bedachten mich mit offenem Missfallen. Zita hatte Einfluss. Die Anzahl derjenigen, die mir feindselig nachblickten, wurde mehr, und manchmal konnte ich sie nachts am Lagerfeuer im Kreis der Echsen laut streiten hören. Und wenn dabei mein Name fiel, so wurde er mit Verachtung und Zorn genannt. Oft sprach man auch von meiner Mutter, die sie genauso hassten. Jetzt begriff ich, warum sie niemals hierher zurückgekehrt war. Oder ich glaubte zu begreifen, denn wie sich bald herausstellen sollte, war die Wahrheit noch weitaus schlimmer, als ich mir auszumalen vermochte.

Von Hasen und Elfen

»Dein rechtes Ohr hängt dir vor dem Auge.«

Das wusste ich selbst, aber ich hütete mich, etwas zu sagen. Widerworte reizten Gromjan nur unnötig, und der Ärger, den ich ins Lager geschleppt hatte, reizte ihn ohnehin schon bis aufs Blut.

Ich konzentrierte mich. Verdammte Hasenohren! Ich war eine Lutin. Woher sollte ich wissen, wie die Hasen es schaffen, ihre Schlappohren aufzustellen?

Meister Gromjan ließ das Bambusrohr in seine offene Hand klatschen. Ich zuckte innerlich zusammen. Seit er den Unterricht begonnen hatte, war kein Tag verstrichen, an dem er mir nicht mit dem Bambusrohr das Fell gegerbt hatte. Ich bin selbst heute nicht sicher, ob es ihm einfach Spaß machte, mich zu verprügeln, oder ob ich ihn tatsächlich in dem Maße zur Verzweiflung trieb, wie er immer behauptete.

»Besser so!«, sagte er ernst. »Schon mein Lehrer war der Meinung, dass Furcht der beste Lehrmeister sei.«

Ich fand das nicht. Und ich wünschte, ich hätte jemals Gelegenheit gehabt, das Gegenteil zu beweisen.

»Schau nicht zu mürrisch drein!«, schnauzte er. »Es gibt keinen Hasen in Albenmark, der so eine griesgrämige Grimasse schneiden würde wie du. Was glaubst du, was das hier ist? Ein Spaß?«

Das wäre das Letzte gewesen, was mir eingefallen wäre. Ich musste unwillkürlich schnauben. Ein Spaß! Plötzlich steckte mir ein Kloß im Hals. Der letzte Spaß, den ich mir erlaubt hatte, hatte Bollo das Leben gekostet.

Die Rute schnitt dicht über meinen Ohren durch die Luft. »Wo bist du mit deinen Gedanken? Was glaubst du, warum wir das hier tun?«

»Weil es dir Spaß macht, mich zu schikanieren!«

Ich rechnete mit Prügel, doch stattdessen erntete ich Gelächter. »Du glaubst wohl, du bist der Mittelpunkt Albenmarks. Stell dir vor, ich läge auch lieber in der Hängematte neben meinem Zelt und ließe mich von Zweistoß in den Schlaf schaukeln! Wir Lutin haben nur Feinde auf dieser Welt. Wir müssen uns verbergen können. Und wir müssen Meister auf der Flucht sein. Deshalb gibt es kaum jemanden, der das goldene Netz so gut kennt wie unsere Pfadfinder. Wir nehmen hunderterlei Gestalt an. Wir verschwinden in der Menge. Werden zu Steppenfalken oder Hasen.«

»Und warum bringst du mir nicht etwas Interessanteres bei, als mich in einen dämlichen Hasen zu verwandeln? Warum lerne ich nicht, als Falke über das weite Grasland zu fliegen?«

»Was glaubst du, was passiert, wenn du als Falke einen Fehler machst? Du schaffst es ja nicht einmal, zwei Hasenohren aufrecht zu halten. Wenn dein Flügelschlag aus dem Rhythmus gerät, wenn du mitten im Flug darüber nachzudenken beginnst, was dich wohl hoch oben in der Luft hält – was meinst du, was dann passiert? Dann gibt es eine Lutin weniger. Und auch wenn deine Mutter unserem Volk großen Schaden zugefügt hat, werde ich, verdammt noch mal, darauf achten, dass du dich nicht aus reiner Dummheit umbringst.

Jeder, der lernt, seine Gestalt zu verwandeln, fängt mit Hasen an. Das war schon immer so!«

»Warum verwandeln wir uns denn nicht in Drachen? Wenn die anderen uns fürchten, dann müssen wir nicht mehr davonlaufen.«

»Was für ein überaus gescheiter Gedanke!«, sagte er höhnisch. »Was unterscheidet uns denn am meisten von Drachen?«

»Unser Fell ...«

»War da noch was?«

Ich wusste, dass er mich vorführen würde und dass es unausweichlich war. Also strengte ich mich erst gar nicht an und entgegnete patzig: »Das mit dem Feuerspucken würde wohl auch schwierig.«

Seine Augen wurden schmaler. »Du hältst dich wohl für witzig, was? Bilde dir ja nichts ein! Ich habe Flöhe in meinem Pelz, die klüger sind als du! Wir sind zu klein, um uns in Drachen zu verwandeln! Woher willst du all das Fleisch und die Knochen nehmen? Denkst du, weil du Emerelle ein paar Mal beim Zaubern zusehen durftest, seiest du eine Meisterin? Ganz abgesehen davon sind Drachen seit Jahrhunderten ausgestorben, und es gäbe wohl kaum eine Möglichkeit, mehr Aufsehen zu erregen, als in Gestalt eines Drachen umherzustreifen.«

»Dann verwandele ich mich in einen kleinen Drachen!«, entgegnete ich streitlustig.

»Und was dann? Hoffst du vielleicht darauf, dass diejenigen, die dir an den Kragen wollen, sich totlachen?«

»Warum glaubst du immer, dass uns alle an den Kragen wollen?«, entgegnete ich wütend. »Das ist doch verrückt! So ist die Welt nicht.«

Er ließ das Bambusrohr sinken und lächelte mitfühlend. So hatte ich ihn noch nie lächeln gesehen. Zugleich wirkte er traurig.

»Ach, Kind … Finde dich mit dem Gedanken ab, dass es leider so ist. Ja, uns wollen immer alle an den Kragen. Wie war es denn am Elfenhof? Hattest du viele Freunde?«

Ich antwortete nicht.

»Dachte ich mir. Und glaubst du, Emerelle war wirklich deine Freundin? Sie wollte etwas von dir, auch wenn ich nicht ahne, was. Das ist der einzige Grund, warum unser Volk noch existiert. Wir Lutin haben ein paar Dinge zu verkaufen, die es anderswo nicht gibt. Unser größter Schatz ist etwas Nichtgreifbares, etwas, das man nicht in eisenbeschlagenen Kisten wegschließen oder heimlich in der Wildnis vergraben kann, um es zu schützen. Es ist eine Idee. In ganz Albenmark hält man uns für unfehlbare Pfadfinder im Netz der goldenen Wege. Deshalb hast du es so schwer bei uns. Du erinnerst alle an den Verrat deiner Mutter. Daran, wie sie unseren Schatz verschleudert hat, eine Lutin aus unserem Klan! Sesha, die bevorzugte Pfadfinderin Emerelles. So viel sie uns einst brachte, so sehr hat sie uns zuletzt geschadet.«

Nie zuvor hatte bis dahin jemand so offen über meine Mutter gesprochen. »Aber was hat sie denn getan? Sie war immer gut zu mir.«

»Du weißt um die heimtückischste Gefahr der Albenpfade?«

»Die Yingiz?«, fragte ich einfältig.

Er schüttelte verärgert den Kopf. Er spürte, dass ich mich um die Wahrheit drückte. Das hatte ich immer getan. Ich hatte mir nicht die Frage gestellt, warum ich mehr als achtzig

Jahre nach dem Tod meines Vaters gerade einmal sechs Jahre alt war.

»Ich glaube, deine Mutter war auf der Flucht«, sagte Gromjan. »Anders kann ich es mir nicht erklären. Sie war eine Meisterzauberin. Eine wie sie wird unserem Volk nur einmal in einem Jahrhundert geboren. Deshalb war sie auch die Auserwählte Emerelles. Und ich hoffe, du trägst ihre Gabe in deinem Blut. Deshalb bist du meine Auserwählte, und ich beschütze dich. Doch kommen wir darauf zurück, was sie uns angetan hat. Die Yingiz sind schrecklich. Sie töten jeden, der die goldenen Pfade verlässt. Aber wer durch einen Albenstern tritt und dann vom Weg abweicht, der ist selbst schuld. Alle wissen um die Gefahren des Nichts. Dort verliert man sein Leben. Für die Dummen tragen wir Lutin keine Verantwortung, wenn wir als Führer anderer im goldenen Netz reisen. Aber es gibt noch eine andere Art, sein Leben zu verlieren. Wer einen Fehler macht, wenn er die magischen Pforten der Albensterne öffnet, der macht nicht allein mit ein paar Schritten eine Reise von Hunderten Meilen. Nein, er springt in die Zukunft. In den paar Herzschlägen, die er auf den Pfaden der Alben wandelt, vergehen Monde, Jahre, vielleicht sogar Jahrhunderte. Wer immer das goldene Netz betritt, der fürchtet sich davor mehr als vor den Yingiz.«

Ich war damals unglaublich naiv und konnte es nicht ausstehen, dass Gromjan schlecht von meiner Mutter sprach. Also forderte ich ihn unbedacht heraus.

»Na und«, sagte ich patzig. »Was ist schon dabei? Das soll schlimmer sein, als von den Yingiz gemordet zu werden? Das ist doch lächerlich!«

So jähzornig und übellaunig mir Gromjan damals vorkam, muss ich rückblickend doch gestehen, dass er seine Launen besser im Griff hatte, als ich angenommen hatte. Sie waren eine Fassade, ein Wall, hinter dem er sich verkroch, um in Ruhe gelassen zu werden. Damals blieb er ganz ruhig, obwohl ich mir wirklich Mühe gab, ihn zu ärgern. Denn wenn er schrie und mich verprügelte, wenn er die Fassung verlor, dann wusste ich, dass er unrecht hatte. Das bildete ich mir zumindest ein. Ich war halt noch ein Kind.

Gromjan tat mir den Gefallen nicht. »Stell dir vor, du trittst durch eine Pforte aus Licht, machst ein paar Schritte und durchschreitest ein zweites Tor, um eine Reise abzukürzen. Anfangs scheint alles gut zu sein. Es dauert immer eine Zeit, bis man bemerkt, dass etwas nicht stimmt. Wenn man eine Reise macht, dann verlässt man ja seine vertraute Umgebung. Es ist nur natürlich, dass einem alles fremd erscheint. Deshalb merkt man es erst bei seiner Rückkehr …«

Er sah mich an und erwartete offensichtlich, dass ich etwas sagte. Mir war nicht klar, was er meinte. Zu diesem Zeitpunkt war ich in meinem Leben noch nie ein zweites Mal an ein und denselben Ort gekommen. Manchmal verbrachte ich eine gewisse Zeit irgendwo, so wie bei den Kentauren oder in Emerelles Burg. Aber wenn die Reise weiterging, dann führte sie mich stets an neue Orte.

Als ich eine ganze Weile nichts sagte und Gromjans fragenden Blick nur erwiderte, grunzte dieser schließlich ungehalten. »Spiel nicht mit mir, Kind!«

»Das würde ich mir niemals erlauben, Meister.« Ich wusste, dass er es sehr mochte, so angesprochen zu werden. Gewöhnlich bin ich keine Schleimerin, aber er hatte seinen Rohrstock dabei, und ich hatte schon erlebt, wie er ihn einsetzte.

Er sah mich seltsam an. Dann drehte er sich um und ging einfach weiter.

Mir brannte es auf der Zunge, ihn auszufragen, aber ich wagte es nicht.

Wir marschierten bestimmt eine halbe Stunde durch das hohe Gras, bis er endlich weitersprach. »Du weißt es wirklich nicht, nicht wahr?«

»So ist es, Meister. Ehrlich!«

»Lügner fangen ihre Geschichten meistens mit dem Wort *ehrlich* an. Merk dir das, Kleine. Meide es! Klugen Zuhörern verrätst du dich damit.«

Ich seufzte. »Ja, Meister.« Wie lange wollte er mich denn noch auf die Folter spannen? Ich fühlte mich schon ganz kribbelig vor Unruhe.

»Das Schlimmste, was einem bei einer Reise über die Albenpfade passieren kann, ist, einen Zeitsprung zu machen. Alle, die bei Verstand sind, fürchten das am meisten.«

Ich war unglaublich enttäuscht. Ich hatte mit einer Geschichte über grässliche Ungeheuer gerechnet, die einem die Glieder ausrupften, so wie ich es gelegentlich mit Grashüpfern tat. Ich war eben jung.

Inzwischen habe ich die Schrecken erlebt, von denen Gromjan sprach, und ich wünschte mir, ich wäre nur Ungeheuern begegnet.

Er war stehen geblieben und stocherte mit seinem Rohrstock im Erdreich herum.

»Merkst du was?«

Ich hatte immer noch auf eine bessere Geschichte gehofft. Enttäuscht, wie ich war, fühlte ich mich sogar noch kribbeliger als zuvor.

»Ich bin wohl zu dumm, deine Geschichte zu verstehen. Und ich fühle mich, als stünde ich mitten in einem Ameisenhaufen.« Mich über längere Zeit diplomatisch zu verhalten, das habe ich nie in meinem Leben geschafft. Ich rechnete mit einem Schlag auf meine Ohren und duckte mich schon ein wenig, doch das Einzige, was mich traf, war Gromjans Gelächter.

»Du stehst auf einem Albenpfad und spürst seine Kraft. Wenigstens das! Hättest du kein Kribbeln gespürt, dann wärst du ohne die Gabe geboren worden, Magie zu wirken. Was mich bei deinen Eltern allerdings sehr gewundert hätte.«

Ich war versucht, ihm irgendeine kleine Gemeinheit an den Hals zu hexen. Vielleicht stinkende Füße.

»Wütend?«

Ich antwortete nicht darauf.

»Du wirst jetzt lernen, wie man sich in einen Hasen verwandelt. Stell dir einen Hasen vor, so genau, wie du nur kannst.«

Er trat ein ganzes Stück zurück und behielt mich dabei aufmerksam im Auge.

Nichts geschah. Manchmal muss man ein Wort der Macht sprechen, um die Kräfte der Magie zu lenken.

»Wann wirst du mir sagen, was ich als Nächstes tun soll, Meister?« Ich sagte das letzte Wort provozierend gedehnt.

Gromjans Schnauzhaare zuckten. Aber er überging meine Frechheit. »Du weißt alles, was notwendig ist. Streng dich an! Stell dir einen Hasen vor. Greife nach der Magie dieses Ortes, und dann verwandle dich.«

Meine Trotzigkeit war verflogen. »Aber wie fange ich es an? Ich …«

»Ich gehe jetzt. Der Fußmarsch hat mich müde gemacht. Ich werde jetzt zurück zur Herde gehen und ein Schläfchen halten. Und dir rate ich, dich dort nicht blicken zu lassen, wenn du kein Hase bist. Jetzt gib mir dein Hemd.«

»Aber du musst mir doch erklären …«

»Gar nichts muss ich! Ich bin dein Zuchtmeister. Und Meister lassen sich von ihren Schülern nicht vorschreiben, was sie zu tun haben. Schon gar nicht von so einem vorwitzigen Tunichtgut wie dir. Und nun dein Hemd, sonst setzt es was!« Er hob drohend den Rohrstock.

Ich kannte den Alten schon gut genug, um zu wissen, dass er nicht scherzte. Ich gehorchte und zog mich aus. »Warum?«, fragte ich kleinlaut.

»Hasen tragen für gewöhnlich keine Hemden. Du brauchst es nicht mehr.«

Ich war mir sicher, er wusste, dass ich etwas anderes gemeint hatte.

»Versuch dich nicht an einem Drachen«, ermahnte er mich. »Und auch nicht an etwas, das viel kleiner ist als du. Wir können uns zwar verwandeln, aber wir sind dennoch den Gesetzen unseres Körpers unterworfen. Wir können nicht mehr Fleisch und Knochen werden, als wir in Wirklichkeit sind. Einige sehr erfahrene Lutin-Zauberer verfügen über die Kraft, sich in etwas größere Gestalten zu verwandeln, indem sie in ihrem falschen Leib Luftsäcke bilden, meistens dort, wo die Gedärme sitzen sollten. Diese Tricks bringen einem meistens nachträglich üble Verdauungsprobleme ein. Also sei nicht dumm und bleibe bei deinem Hasen.«

Das war nicht mein Hase, dachte ich. Aber mit meinem Trotz war es nicht mehr weit her. »Kannst du nicht bleiben?«, fragte ich mit weinerlicher Stimme.

»Das wird dich nur stören. Um zu zaubern, braucht man Ruhe. Im Übrigen passiert es manchmal, dass ein Schüler platzt, wenn er einen Fehler macht. Das ist wirklich kein schöner Anblick. Ich muss das nicht sehen. Wie auch immer. Sollte das nicht passieren, findest du mich in meiner Hängematte auf dem Rücken von Zweistoß.« Mit diesen Worten ging er. Ein Augenblick noch, dann war er im hohen Gras verschwunden.

Ich sah ihm mit offenem Maul nach, wollte es erst nicht glauben, aber er hatte mich tatsächlich nackt zurückgelassen. Sollten ihn die Yingiz holen!

Anfangs war ich nur wütend. Aber sehr schnell kam die Angst. Ich kauerte mich auf den Boden und lauschte auf jedes Geräusch. Der Wind ließ das Gras rascheln. Ich heulte und fluchte. Und bettelte in der Hoffnung, dass er vielleicht doch noch in der Nähe war.

Ein Schatten glitt über den Himmel. Ein Steppenadler zog mit weit ausgebreiteten Schwingen seine Kreise. Ganz offensichtlich war er auf der Jagd. Es wäre verrückt, sich jetzt in einen Hasen zu verwandeln! Ich hatte keine Lust, sein Frühstück zu werden. Ob er überhaupt einen Unterschied zwischen einem Hasen und einer nicht ausgewachsenen Lutin machte?

Vielleicht hatte Gromjan auch wieder nur einen seiner geschmacklosen Scherze gemacht? Sollte ich es wagen, mich in etwas Größeres zu verwandeln? Etwas, das der Adler niemals als Beute betrachten würde?

Ich versuchte mir einen Hasen vorzustellen. Wie sah eine Hasenpfote auch gleich aus? Hatte sie Krallen? Es war lange her, dass ich mir das letzte Mal einen Hasen genauer angesehen hatte. Ich dachte an die blutigen, gehäuteten Kadaver, die abends über dem Lagerfeuer gebraten wurden, und ein Schauder überlief mich.

Meine Mutter hatte mir einmal gesagt, dass man die Magie greifen kann. Ich ließ mich auf die Knie nieder und tastete über die Erde. Dort war die Macht des Albenpfads. Aber obwohl ich sie deutlich spürte, konnte ich sie natürlich nicht in die Hand nehmen.

Ich schloss die Augen und versuchte die pulsierende Macht in mich aufzunehmen. Das Kribbeln wurde tatsächlich stärker!

Dann stellte ich mir vor, wie ich mich veränderte. Es tat weh! Und ich dachte nicht an einen Hasen.

Eine alte Schuld

Selbst jetzt, gefangen in dieser verfluchten Höhle, muss ich schmunzeln, wenn ich daran zurückdenke, wie Zita mich im Lager empfing. Die alte Hexe war wie ausgetauscht! Sie verneigte sich so tief, dass ich ihren krummen Rücken knacken hören konnte.

»Edle Herrin, Allerverehrteste, Segensbringerin …« Sie überschlug sich geradezu dabei, mich mit Ehrennamen zu bedenken. Als ich mich setzen wollte, schickte sie Elija los, mir eine Decke zu holen.

Die meisten Kinder unseres Klans hatten sich versteckt. Sie fürchteten mich und waren in die Zelte oder ins hohe Gras verschwunden.

Ich entdeckte Mira zwischen den Beinen von Sommerwind, der Hornschildechse ihrer Großmutter. Warum sie so hieß, habe ich nie begriffen. Die Winde, die sie von sich ließ, hatten nichts Sommerliches an sich.

Mira gaffte mich mit offenem Maul an und wirkte noch dümmer als sonst.

Dass ich nackt war, schien Zita nicht im Mindesten zu stören. Man wusste ja von Elfen, dass sie etwas überspannt und eigensinnig waren.

Ja, von Elfen! Auch nach so vielen Jahren bin ich ziemlich stolz auf mich. Ich hatte mich in ein sehr junges Elfenmädchen verwandelt. Elfen kannte ich. Ich musste nicht überlegen, wie viele Finger sie wohl hatten. Ich hatte lange genug unter ihnen gelebt, beherrschte ihre Sprache ohne jeden Akzent. Nein, ich bin keine Aufschneiderin. So war es wirklich!

Was für ein Spaß war es, die alte Zita herumzukommandieren! Sie auf ihre Echse klettern zu lassen, um mir ihre wohlgehüteten Honigvorräte bringen zu lassen und vor ihren Augen den kleinen Krug zu leeren. Dann ließ ich sie das Hasenragout aufwärmen. Meistens bekam ich nur Reste zu essen, weil sie mich als Eindringling in ihren Klan sah. Fleisch blieb fast nie für mich über. Wenn ich Glück hatte, ein paar Stückchen Knorpel und etwas Knochenmark.

»Es ist unhöflich, angezogen zu sein, wenn ein Gast nackt speist«, erklärte ich gerade Zita und den anderen Lutin, die sich in meine Nähe gewagt hatten, als Gromjan erschien.

Ein einziger Blick genügte, um zu wissen, dass ich ihn nicht getäuscht hatte.

»Seid ihr denn alle blind?«

Zita streifte gerade ihre Bluse ab und sah Gromjan mit finsterem Blick an. »Weißt du nicht, was sich gehört? Benimm dich gefälligst in Gegenwart unseres Gastes!«

»Gast? Das glaubst du wirklich? Sieh deinem Gast doch mal zwischen die Schenkel. Was glaubst du, wie Elfen Kinder zeugen? Durch Küsse?«

Erschrocken legte ich die Hand auf meine Blöße. Daran hatte ich nicht gedacht. Dort gab es nur glatte, makellose Haut zu sehen.

Gromjan murmelte ein Wort der Macht, und ein Windstoß blies mir ins Gesicht. Meine langen roten Haare wehten mir aus dem Gesicht.

»Hast du jemals von einer Elfe gehört, der rotes Fuchsfell auf den Ohren wächst, Zita?«

Auch daran hatte ich nicht gedacht. Das war eine der Tücken, wenn man sich verwandelte. Körperstellen, die man nicht selbst sehen konnte, vernachlässigte man leicht.

Ich konnte Zita ansehen, dass auch sie inzwischen begriffen hatte, wer da vor ihr stand.

Gromjan ließ den Rohrstock in die offene Hand klatschen. »Hinauf mit dir ins Zelt! Der Stock und dein Hinterteil werden gleich ein längeres Zwiegespräch führen.«

»Du verdammte kleine Schlampe!«, stieß Zita hervor. »Dich werde ich …«

Gromjan setzte ihr die Spitze seines Rohrstocks auf die Brust. »Gar nichts wirst du! Sie ist mein Mündel. Es ist meine Sache, sie zu bestrafen. Und jetzt knöpf deine Bluse zu. Es ist Jahrzehnte her, dass das, was ich da sehe, mich hätte beeindrucken können.«

Ich lernte eine Menge Flüche an diesem Tag und auch, wie man einen wunden Hintern pflegt. Eine halbe Stunde lang hatte ich meinen Spaß gehabt, aber der Preis war, dass ich mich jetzt nicht mehr aus dem Zelt traute.

Spät am Abend wurde unten am Lagerfeuer viel gestritten. Ich spitzte meine Ohren. Und wurde darin bestätigt, dass es klug war, sich eine Weile nicht blicken zu lassen. Als die meisten schlafen gegangen waren, hörte ich Gromjan und Zita lange miteinander tuscheln. Ich konnte kein Wort verstehen. Aber Zitas Stimme klang fordernd. Und Gromjan schien ihr schließlich nachzugeben.

Am nächsten Morgen wechselte die Herde die Richtung. Bislang waren wir stetig nach Süden gewandert, um dem Winter davonzulaufen. Nun ging es nach Nordosten. Einige Tage später erreichten wir Feylanviek.

Es war in der Mittagszeit, als wir die Stadt am Mika erreichten. Schon früh am Morgen hatten wir am Horizont die dünnen Rauchfahnen gesehen, die an diesem windstillen Tag wie Säulen in den Himmel aufstiegen. Es waren Hunderte. Doch bis wir die ersten Häuser erblickten, vergingen Stunden.

Zita ritt gemeinsam mit Elija voraus. Als Lutin war es besser, sein Kommen anzukündigen, selbst wenn man eine Stadt besuchte, die überwiegend von Kobolden bewohnt wurde. So lagerten wir auf einer Wiese ein ganzes Stück außerhalb der Stadt.

Feylanviek hatte keine Mauern, was mir selbst als Kind auffiel. Es war der bedeutendste Handelspunkt im nordöstlichen Windland, und seine Bewohner vertrauten darauf, dass alle hier draußen in der Einöde auf diese Stadt angewiesen waren.

Wie Klippen erhoben sich die Fachwerkhäuser mit ihren steilen Giebeln über die Ebene. Manche hatten bunt bemalte Schindeldächer. Es war lange her, dass ich zuletzt in einer Stadt gewesen war. Aber ich machte mir nichts vor. Nach meinem Streich würde man mir gewiss keinen Ausflug nach Feylanviek erlauben.

Wie wenig ich meinen Klan kannte!

Gegen Abend kehrten Zita und Elija zurück. Wenig später kam Gromjan zu mir ins Zelt. Ich rechnete mit dem Schlimmsten.

»Deine Mutter hat unserem Klan schweren Schaden zugefügt. Sie war eine ausgezeichnete Pfadfinderin. Viele Reisende und Karawanen haben ihre Dienste nachgefragt. Zuletzt sogar

Königin Emerelle. Der Auftrag der Königin führte deine Mutter und deinen Vater nach Langollion. Ich weiß nicht, was sie dort taten. Deinen Vater hat diese Reise das Leben gekostet. Die Elfenfürstin Alathaia ließ ihn öffentlich hinrichten, und deine Mutter war fortan verschollen. Alathaia behauptete, Sesha habe sie über die Albenpfade geführt und dabei einen schweren Fehler gemacht, wodurch sie bei ihrer Reise um sieben Monde in der Zeit nach vorne sprangen. Weil Sesha schwanger war, musste dein Vater an ihrer Stelle büßen. Ich glaube diese Geschichte nicht. Aber sie hat sich überall in Albenmark verbreitet. Niemand schenkte unserem Klan fortan Vertrauen und wollte mit uns reisen, obwohl es vorher niemals Klagen gegeben hatte. Deine Mutter war verschwunden, und man munkelte, dass sie geflohen sei und noch einmal einen Zeitsprung gemacht habe. Dein Erscheinen bestätigt das. Deshalb gibt es hier etliche, die dich am liebsten in ein stilles Grab irgendwo draußen im Windland legen würden. Du bist schlecht für unsere Geschäfte!«

Ich wusste nicht, was ich von dieser Geschichte halten sollte. Stimmte sie? Konnte ich Gromjan trauen? Warum erzählte er mir all das? War nun die Zeit für das stille Grab gekommen?

»Du hast Schulden bei deinem Klan«, fuhr er endlich fort. »Und morgen kannst du sie einlösen. Du sollst dich noch einmal in eine Elfe verwandeln. Und diesmal werde ich darauf achten, dass du keine Fehler machst. Du wirst dein rotes Kleid tragen.«

»Aber das wird mir zu klein sein. Das …«

Er schnitt mir mit einer harschen Bewegung das Wort ab. »Das haben Zita und ich bereits bedacht. Du wirst sagen, du wärst eine Maurawani. Die Maurawan sind in den Augen der meisten Elfen nichts als Barbaren. Niemand wird sich wundern, wenn dein Kleid dir ein wenig zu klein ist. Im Gegenteil. Man wird es als eine freundliche Geste aufnehmen, dass du ein Gewand angelegt hast, das offensichtlich nicht vom Volk der Maurawan stammt.«

»Aber ich weiß gar nichts über diese Elfen«, wandte ich ein.

»Ich werde dir alles erzählen, was wichtig ist. Und du wirst nur wenig reden. Auch das wird niemanden verwundern. Die Maurawan sind in sich gekehrt und schweigsam.«

Ich verstand das alles nicht. »Welchen Nutzen soll das haben?«

»Man soll sehen, dass man uns eine Elfe anvertraut hat. Jahrzehntelang hat man uns nicht einmal Waren überlassen. Alles, was wir zum Handel mit uns führten, mussten wir selbst kaufen. Und ich habe mich bei einem Geschäft etwas verkalkuliert …«

»Die Nelken?«

Er nickte. »Wir haben kein Gold oder Silber mehr, um neue Güter zu erwerben und auf eigenes Risiko Handel zu treiben. Niemand reist mehr mit uns. Mit einem Wort: Unser Klan ist ruiniert. Du kannst das ändern. Wenn du keinen Fehler machst.«

Ich war stolz und erschrocken zugleich. Die halbe Nacht erklärte mir Gromjan, wie ich mich verhalten sollte. Die andere Hälfte der Nacht fand ich vor Aufregung keinen Schlaf.

Am nächsten Morgen ließ Gromjan mich allein, damit ich mich verwandeln konnte. Obwohl erster Raureif auf dem Gras lag, musste ich mich wohl eine halbe Stunde lang vor allen Kobolden des Klans nackt zeigen. Sie betrachteten mich eindringlich. Manche zwickten mich auch in Arme und Waden. Mira mochte gar nicht glauben, dass ich es war. Wie beim ersten Mal gaffte sie mich in ehrfürchtiger Scheu an.

Endlich durfte ich mein rotes Kleid anziehen. Es zwickte und zwackte und endete zwei Handbreit oberhalb des Knies. Aber Elfen waren ja berüchtigt dafür, schamlos zu sein. Alle hofften, dass sich keiner daran stören würde.

Der Rebell

Endlich schickten sie mich in die Stadt. Damit jeder mich sah und mitbekam, dass zumindest einige Elfen meinem Klan wieder vertrauten. Nur Elija begleitete mich. Ihn hatten sie bunt wie einen Gecken gekleidet. Er sollte als mein Diener auftreten. Er hasste das. Und ich genoss es, ihn herumzukommandieren. In der neuen Gestalt, die ich angenommen hatte, war ich fast einen Kopf größer als er. Er musste zu mir aufblicken. Das war eine wunderbare Erfahrung.

Es fiel mir leicht, mich wie eine Elfe aufzuführen. Ich genoss es, durch die Straßen von Feylanviek zu schlendern. Anfangs machte es mir ein wenig zu schaffen, dass ich ständig von allen um mich herum beobachtet wurde. Aber auch daran gewöhnte ich mich.

Ich besuchte die Gasse der Gewürzhändler und badete in tausend Düften. Ich nahm geriebenen Pfeffer in die Hände, Ingwer und goldenen Sesam. Kostete die verschiedensten Honigsorten, natürlich ohne dafür zu zahlen. Ließ mir Entenleber reichen und sah verwundert, wie gestandene Händler voller Stolz aufblühten, wenn ich nur ein einziges freundliches Wort oder selbst nur ein anerkennendes Nicken für sie übrig hatte.

Ich ließ zu, dass man mir ein paar gute Stiefel und Wollstrümpfe schenkte, weil ich barfuß ging, und unterhielt meine

Wohltäter mit einigen tolldreisten Lügengeschichten über das Leben der Maurawan.

Es dauerte viele Stunden, bis ich zum ersten Mal mit Elija allein war. Wir hatten uns auf einer Mauer am Rand eines der vielen Kanäle der Stadt niedergelassen und sahen Arbeitern zu, die eine beschädigte Brücke ausbesserten.

»Dir macht das Spaß, nicht wahr?«, sagte Elija gehässig.

»Ja«, gab ich unumwunden zu. »Ich verhalte mich genau so, wie Gromjan es mir aufgetragen hat.«

»Weißt du, dass man von dem, was so ein Paar Stiefel kostet, eine zehnköpfige Koboldfamilie ein halbes Jahr ernähren kann? Du hättest es nicht annehmen dürfen!«

»Ich hatte kalte Füße. Ich musste sie annehmen. Elfen frieren nicht. Wenn man mich vor Kälte zittern sähe, dann würde das Fragen aufwerfen, auf die ich keine Antworten habe.«

Er spuckte in den Kanal. »Ach ja? Ich habe das Gefühl, dass du um faule Ausreden nie verlegen bist. Wohin gehörst du? Zu uns oder an den Hof Emerelles, wo man deinesgleichen den Arsch nachträgt?«

Er fing an, mir diesen wunderbaren Tag zu verderben. »Wie würdest du dich denn entscheiden, wenn du die Wahl zwischen Scheißesammeln und Arschtritten oder aber dem Leben an einem Königshof hättest?«

»Ich würde mich niemals bedienen lassen«, entgegnete er, ohne zu zögern. »Am allerwenigsten von Kobolden! Wir sind die Fußabtreter der Elfen. Wir leben von den Brosamen, die von ihren Tischen fallen. Und viele von uns sind so einfältig, sich mit einem elfischen Lächeln und ein paar freundlichen Worten als einzigem Dank zufriedenzugeben. Glaubst du, die Alben haben uns zu den Dienern der Elfen bestimmt?«

»Woher willst du wissen, dass die Alben uns nicht als Diener anderer Völker erschaffen haben?«

»Hätten sie Dienern einen eigenen Albenstein geschenkt? Nein! Sie haben gewollt, dass wir alle frei und gleich sind!«

»Wie kannst du einen Kobold und einen Elf gleich nennen? Schau dir doch nur ihr Äußeres an.«

Er sah zu mir auf. »Zur Elfe geworden zu sein, hat dich auch nicht klüger gemacht. Ich meine nicht, dass wir alle gleich aussehen sollten. Wir haben die gleichen Rechte. Und niemand ist eines anderen Diener.«

»Vielleicht mögen es manche ja, Diener zu sein.«

Er deutete zu der halb verfallenen Brücke. Sie war mit Gerüsten umgeben. Etliche Kobolde arbeiteten dort. »Warum sind es Kobolde, die dort im eisigen Wasser stehen? Elfen könnten sich mit einem Zauber gegen die Kälte wappnen. Wir können das nicht. Glaubst du, einer von ihnen hat Spaß an seiner Arbeit?«

»Sie werden sicher entlohnt ...«

»Es ist die Angst, die sie arbeiten lässt. Ihr Herr ist Shandral, ein Verwandter des Fürsten von Arkadien. Er will dort auf der Brücke eine Schmiede errichten mit großen Hämmern, die durch die Kraft des Wassers bewegt werden sollen. Er ist berüchtigt dafür, seine Kobolde besonders schlecht zu behandeln. Siehst du die beiden Käfige, die ein klein wenig aus den Fluten ragen?«

Ich bemerkte sie erst, als er mich darauf ansprach. Sie hingen an starken Seilen vom Brückengeländer herab. »Was ist damit?«

»Shandral hat den Kobold, der die Brücke entwarf, und denjenigen, der die Arbeiten leitete, in je einen Käfig stecken lassen. Das war gestern. Ich habe es mir mit Zita und vielen anderen Kobolden gemeinsam angesehen. Shandrals Opfer konnten so gerade den Kopf über Wasser halten. Bis das kalte Wasser ihnen langsam die Kräfte nahm. Der Baumeister ging als Erster vor Entkräftung in die Knie. Ein Viertel von einer Stunde hat er gegen das Ertrinken angekämpft. Dann brachte er seinen Kopf nicht mehr über Wasser. Der Vorarbeiter hat bis nach der Dämmerung durchgehalten, habe ich gehört. Ihre Leichen werden in den Käfigen gelassen, damit die Fische sie fressen. Das ist die Gerechtigkeit der Elfen.«

Emerelle hätte so etwas bestimmt nie getan, dachte ich. Irgendwie wollte ich die Elfen verteidigen, obwohl ich eine Lutin bin. Vielleicht war es mir ein wenig zu Kopf gestiegen, die Gestalt einer Elfe anzunehmen. »Das ist doch eine Koboldstadt. Warum hat keiner etwas dagegen unternommen?«

»Weil es den vollgefressenen Pfeffersäcken im Rat wichtiger ist, weiterhin gute Geschäfte mit dem Fürstenhaus von Arkadien zu machen, als zwei Kobolden die Haut zu retten. Natürlich hätten sie die Hinrichtung verbieten können. Diese Verräter sollte man in Käfigen ins Wasser hängen!«

»Gromjan möchte auch gern Geschäfte mit den Elfen machen«, wandte ich ein.

»Das sind doch keine Geschäfte. Wir sind ihnen ausgeliefert! Ihre Gunst entscheidet, ob wir überhaupt Handel treiben können. Die Lügen einer einzigen Elfe und die Dummheit deiner Mutter haben unseren Klan ruiniert. Ist das Recht?«

Mir saß ein dicker Kloß im Hals. Wenn es um meine Mutter ging, war ich wehrlos. Damals begann ich zu ahnen, dass die Zeitsprünge auf ihren Reisen keine Ungeschicklichkeit gewesen waren. Und es waren auch keine richtigen Reisen gewesen, wie sie mir erzählt hatte. Als Kind ist man so arglos. Man glaubt, was einem die Mutter sagt … Heute weiß ich, dass wir nicht deshalb immer nur kurz an einem Ort blieben, weil es so viele schöne Plätze gab, die man gesehen haben sollte. Meine Mutter war auf der Flucht. Ich vermute, sie machte jedes Mal, wenn sie einen Albenstern durchquerte, ganz bewusst einen kleinen Zeitsprung, um besser ihre Spur zu verwischen.

Elija nahm mein Schweigen als Triumph seiner Argumente.

Plötzlich änderte sich sein Gesichtsausdruck. »Komm, lass uns gehen«, sagte er hastig und stand auf.

Ich verstand seinen plötzlichen Stimmungswandel nicht.

»Halt!«, rief jemand hinter mir. Ich drehte mich um und sah einen stämmigen Kobold die Uferstraße herauflaufen. Er winkte mir zu, um ganz sicherzugehen, dass ich ihn bemerkte und auf ihn wartete.

»Du bist eine Elfe«, zischte Elija mir zu. »Du schuldest Kobolden keine Aufmerksamkeit. Lass uns gehen.«

Mir kam es dumm vor, mich davonzumachen. Es war zu offensichtlich, dass wir ihn bemerkt hatten. Außerdem, was hatte ich von einem Kobold schon zu befürchten? Ich war schließlich eine Elfe!

Der Kobold trug die Lederschürze eines Steinmetzen. Er vermied es, mir in die Augen zu sehen, als er vor mir stand. Demütig hielt er den Kopf gesenkt. »Edle Herrin, mein Meister schickt mich. Er möchte Euch gern einladen.«

»Warum sollte ich der Einladung eines Fremden folgen?«

»Weil mein Gebieter Fürst Shandral ist. Bitte, weist mich nicht zurück.« Seine Stimme war zu einem unterwürfigen

Flüstern geworden. »Er sieht uns von der Terrasse seines Hauses aus zu. Schräg hinter der Brücke …«

Ich blickte auf und erspähte einen Elfen mit langem schwarzem Haar. Er war wohl eine halbe Meile entfernt, und doch hatte ich das Gefühl, dass er mir geradewegs in die Augen blickte.

Das kleine Arrangement

Ich erinnere mich noch heute an die Hände. Etwas Vergleichbares habe ich später nicht einmal bei den Trollen gesehen, und ihr Umgang mit Toten ist in ganz Albenmark berüchtigt. Elija und ich wurden durch eine Seitentür in das Haus des Elfenfürsten geführt. Vor dort gelangten wir in eine Empfangshalle, die ganz in milchweißem Marmor gestaltet war. Hoch über uns spannte sich eine Glaskuppel voller Rosenranken, die mit üppigen roten Blüten prunkten. Das helle Winterlicht, das durch die Glasdecke fiel, warf grüne und rote Farbsprenkel in die weite Halle, die verblassten, wann immer Wolken über den Himmel zogen, und dann plötzlich wieder erblühten.

Das makellose Weiß und das besondere Licht ließen die Formen der Halle miteinander verschwimmen. Der Raum wirkte flächig, schien keine Tiefe zu haben, dafür aber etwas Beunruhigendes. Etwas hier schien falsch.

Nah bei der Eingangstür gab es einen Beistelltisch. Eine weiße Kerze stand dort. Sie schien von Kieseln in seltsamen Formen umgeben zu sein. Hätte Elija mich nicht darauf hingewiesen, mir wären ungezählte Nächte voller Albträume erspart geblieben.

»Siehst du das?« Mein Gefährte sagte das in einem Tonfall, wie ich ihn bei ihm noch nie gehört hatte. Blankes Entsetzen lag in seiner Stimme.

Ich trat etwas näher an den Beistelltisch. Hätte ich das doch nur nie getan! Er war mit abgeschnittenen Händen dekoriert. Gut ausgeblutet und offensichtlich gepudert, waren sie weiß wie der Marmor ringsum. Es waren grobe Hände mit gesplitterten Nägeln. Hände, denen man ein Leben voller harter Arbeit ansah. Schlanke und schmalere Hände, deren Innenseiten mit Schwielen bedeckt waren. Und Kinderhände, zart und zerbrechlich. Doch die Hände, die ich niemals vergessen sollte, gehörten einem Neugeborenen. Sie waren winzig. Die Finger gekrümmt, als hätten sie eben noch nach einer Haarsträhne der Mutter gegriffen. All diese Hände, es waren mehrere Dutzend, waren so klein, dass sie nur Kobolden gehört haben konnten.

Das Geräusch von Schritten beendete mein Starren. Ein Elf kam die Treppe herab, dessen Erscheinung einen gnädigen Augenblick lang alles andere vergessen ließ. *Schön* ist ein Wort, das ihm nicht einmal ansatzweise gerecht wurde. Sein Anblick ließ einen das Atmen vergessen. Shandral, der spätere Fürst von Arkadien, war selbst nach den Maßstäben der Elfen außergewöhnlich. Sein makelloses Gesicht, beherrscht von tief liegenden, melancholischen Augen, war gerahmt von fast hüftlangem goldenem Haar. Sein Körper war schlank, ohne zerbrechlich zu wirken, die Haut von vornehmer Blässe, doch nicht gepudert und deutlich dunkler als der Marmor der Halle. Sein scharlachrotes Hemd stand halb offen, gerade so weit, dass es anziehend und nicht vulgär wirkte. Enge scharlachrote Reithosen und schwarze Schaftstiefel rundeten seine ungewöhnliche Erscheinung ab.

Der Elf bewegte sich mit lässiger Eleganz. Ihm haftete etwas Katzenhaftes an. Er begrüßte mich mit einem Lächeln, wie ich es kein zweites Mal in meinem Leben geschenkt bekommen sollte. Es gab mir das Gefühl, dass sich tief in meiner Brust etwas auftat. All die unausgesprochene Traurigkeit fiel von mir ab. Es war unglaublich! Ein Lächeln allein genügte, um mich mit meinem Schicksal zu versöhnen und binnen eines Herzschlags Frieden in mir zu finden.

»Willkommen, meine Schöne. Ich danke dir für die Gunst deines Besuches. Mein Haus hier inmitten der Wildnis erstrahlt durch die Gnade deines Besuches. Ich bin Shandral von Arkadien.«

Shandral schien Elija überhaupt nicht wahrzunehmen. Er bedachte ihn mit keinem Wort, nicht einmal mit einem Blick. Um ehrlich zu sein, mich störte das nicht. Ich genoss es, die Aufmerksamkeit Shandrals ganz für mich allein zu haben.

»Gewährst du mir die Gunst, deinen Namen zu kennen?«

Vage wurde mir bewusst, dass ich ihn bisher einfach nur angestarrt hatte. »Ganda«, sagte ich, ohne zu zögern. Es war Elijas Blick, der mir bewusst werden ließ, was ich gerade getan hatte.

»Ganda?« Shandral sprach meinen Namen aus, wie man eine unbekannte Frucht kostet. »Gan-da«, wiederholte er noch einmal leise und ließ die beiden Silben auf seiner Zunge zerfließen. »Ein ungewöhnlicher Name für eine Elfe.«

»Meine Mutter benannte mich nach ihrer besten Freundin, einer Lutin.«

Er hob eine Braue. »Ungewöhnlich.«

»Wir Maurawan sind dafür bekannt, anders als die übrigen Völker der Elfen zu sein.«

Er lächelte wieder, aber es war nicht mehr so wie beim ersten Mal. »Magst du mich nach oben begleiten?«

Ich nickte. Was hatte ich schon für eine Wahl? Wenn ich nicht zustimmte, würde das sein Misstrauen erwecken, und er würde weiter über den Namen nachdenken. Stumm verfluchte ich mich für meine Einfältigkeit. Zugleich breitete sich ein angenehm warmes Gefühl in meinem Bauch aus. Mit ihm beisammen zu sein, war eine Gnade!

Jetzt bedachte Shandral Elija mit einem Blick. »Tiere und Dienerschaft betreten meine Gemeinschaft nur auf mein Geheiß. Neben der Treppe findest du eine kleine Tür. Dort erwartet dich ein Bediensteter. Er bringt dich an einen Ort, der für deinesgleichen angemessen ist.« Er sagte dies so kalt, dass mich ein Schauder überlief. Zugleich blickte ich ängstlich zu Elija, voller Sorge, dass er den Elfen durch eine unangemessene Antwort reizen könnte.

Doch mein Kamerad neigte nur das Haupt und zog sich zurück.

Aufgeregt folgte ich Shandral. Er brachte mich in einen Salon mit üppig gepolsterten Sesseln. Auf einem kleinen Tisch standen mehrere Teller mit Leckereien. Honiggebackenes, kandierte Früchte, aber auch geräucherter Lachs, kleine Brotstücke, frische Butter und köstlich duftende Soßen.

Er begann eine freundliche Plauderei und sah mir amüsiert zu, wie ich wie eine Verhungerte über die kleinen Leckerbissen herfiel.

»Es stimmt also, dass das Essen bei den Lutin nicht sonderlich gut ist. Ich habe gehört, sie mischen Echsendung unter die Speisen.«

Ich schluckte eine scharfe Antwort herunter, widersprach aber doch entschieden. Schließlich hatte Gromjan mir die halbe Nacht lang eingeschärft, wie wichtig es für den Klan war, alles im besten Licht erscheinen zu lassen. »Man hat dich belogen. Sie benutzen den Dung nur als Brennmaterial. Im Grunde genommen sind sie recht sauber. Kein Tag vergeht, an dem sie nicht ihre Wäsche waschen und zwischen den Zelten aufhängen.«

»Ah, man reist also sozusagen zwischen Wäscheleinen.« Er lächelte amüsiert. »Was hat dich dazu bewogen, Gromjans Klan auszuwählen? Die Seinen haben keinen guten Ruf. Ich würde mein Kind nicht mit ihnen ziehen lassen. Haben deine Eltern keine Sorge um dich?«

»Meine Eltern sind ins Mondlicht gegangen.«

Er wirkte wirklich berührt. »Das tut mir leid, Ganda. Bitte entschuldige, wenn ich mit meinen dummen Fragen an alte Wunden gerührt habe.«

»Ich kann ganz gut auf mich aufpassen.« Es war schwer, die Finger vom Essen zu lassen. Aber kein Elf, den ich bisher kennengelernt hatte, hätte jemals kauend gesprochen.

»Aber ist es nicht gefährlich, so ganz alleine mit einer Bande Lutin zu reisen?«

»Nein.« Gerne hätte ich irgendetwas Abfälliges über Zita gesagt. Shandral hätte sicherlich die Macht gehabt, ihr einigen Ärger zu bereiten. Aber der Ärger würde alle im Klan treffen. Auch das hatte mir Gromjan immer wieder eingeschärft. »Sie behandeln mich so fürsorglich, als sei ich eines ihrer Kinder.«

Er lachte kurz. »Lassen sie ihre Kinder nicht hinter den Echsen herlaufen, um unsägliche Dinge einzusammeln?«

Ich lächelte ebenfalls. »Diesen Teil ihrer Liebe sparen sie bei mir aus.«

»Du gefällst mir.«

Seine Worte entfesselten geradezu eine Lawine von damals mir noch unvertrauten Gefühlen.

Shandral erhob sich, kam mit seinem katzenhaften Gang auf mich zu und ging vor meinem Sessel in die Hocke. Unsere Blicke begegneten sich auf Augenhöhe. Er legte eine Hand auf mein Knie. Sie war warm und weich. »Willst du nicht etwas in Feylanviek verweilen? Für einen Elfen kann es hier sehr einsam sein.«

Ich dachte gar nicht mehr daran, dass ich nicht wirklich eine Elfe war. Ich wollte schon zustimmen, als mir die abgeschnittenen Hände einfielen. »Unten, in der Halle. Diese …« Das Wort wollte nicht über meine Lippen kommen.

»Das kleine Arrangement?« Er lächelte. »Hat es dir gefallen?«

Das war nicht sein Ernst! Ich sah ihn entgeistert an. Sein Antlitz verriet nicht, ob er scherzte.

»Was …« Mir fehlten die Worte.

»Du hast dir die Brücke angesehen. Ich wollte dort eine Schmiede errichten lassen. Aber mein Baumeister war ein Stümper. Und wie Kobolde es gern tun, hat er seinen sämtlichen Brüdern, Vettern und Schwägern eine Arbeit gegeben. Eine Bande von Trotteln! Er hat gebüßt. Ebenso wie alle, die an diesem Abschnitt der Brücke gearbeitet haben. Sieben ungeschickte Kobolde waren genug, um mich in meinem Vorhaben zurückzuwerfen und dazu zu verdammen, noch den ganzen Winter in dieser Wildnis hier zu verbringen. Ich ließ ihnen die Hände abschneiden, damit ihre Ungeschicklichkeit nie wieder einem Elfen ähnliches Ungemach bereiten wird.«

»Da waren auch Kinderhände …«

»Natürlich. Du weißt doch gewiss, in welch großer Verantwortung wir Elfen stehen. Wir wachen über das Werk der Alben. Wir beschützen unsere Welt. Manchmal erfordert dies auch ein wenig Grausamkeit. Was glaubst du, wie unsere Welt bald aussehen würde, wenn wir sie den Kobolden überließen? Ein stinkendes Durcheinander! So wie diese Stadt. Hände, die zu ungeschickt sind, um einfachste Arbeiten ordentlich zu verrichten, muss man abschneiden. Und da Tollpatschigkeit sich vererbt, muss man auch die Kinderhände abschneiden. Mehr ist nicht nötig. Kobolde sind nicht gerade für ihre Warmherzigkeit bekannt. Unnütze Esser werden sie nicht lange durchfüttern. Was will man mit einem Mann oder einem Weib ohne Hände? Sie werden dafür sorgen, dass dieser Zweig ihrer Sippe ganz abstirbt.«

Mir war kalt geworden. Die Speisen, die mir eben noch so gut gemundet hatten, betrachtete ich nun mit Widerwillen. Ich hatte das Gefühl, dass sie mit Blut besudelt waren.

Shandrals Hand war weiter meinen Schenkel hinaufgerutscht. Er sah mich an, als erwarte er etwas von mir. Als ich nichts sagte, rieb er den Saum meines Kleides zwischen Daumen und Zeigefinger. »Es ist ein wenig klein für dich.«

Ich schwieg weiterhin und wünschte, ich wäre wieder in der Sicherheit meiner Herde.

»Ein sehr ungewöhnliches Kleid. Woher hast du es, Ganda?«

»Es ist ein Geschenk.«

Er sah mich forschend an. Ahnte er, dass etwas mit mir nicht stimmte? Was würde er mir wohl antun, wenn er entdeckte, wer ich war? Ich blickte unwillkürlich auf meine Hände.

»Du weißt, woher dieses Kleid kommt?«, setzte er nach.

»Von Königin Emerelle. Sie hat es mir geschenkt, als ich in ihrer Burg im Herzland zu Gast war.« Ich konnte sehen, wie ihn die Antwort überraschte. Er nahm die Hand von meinem Bein. Endlich!

Shandral betrachtete mich nun mit kaum verhohlenem Misstrauen. »Du kennst die Königin?«

»Ich war einmal zu Gast bei ihr.«

Gromjan hatte mich eindringlich gewarnt, von dieser Zeit zu sprechen. Der Hof ist ein Sumpf von Intrigen, hatte er mir eingeschärft. Ein falsches Wort genügt, und du verlierst den Boden unter den Füßen.

Würde genau das jetzt geschehen? Ich hielt dem Blick des Elfen stand. Hatte er etwa Angst vor mir, ging es mir durch den Kopf. Aber das war lächerlich!

»Die Art, wie der Saum genäht ist, verrät, dass dein Kleid aus der Hofschneiderei Emerelles stammt. Ich kann spüren, dass es von Magie durchdrungen ist. Es wird niemals schmutzig, nicht wahr?«

Ich nickte. Ich wusste nicht mehr, woran ich bei ihm war. Er ließ Arbeitern die Hände abschneiden und plauderte jetzt über Kleider. Er musste verrückt sein!

»Die Königin versteht es, große Auftritte zu inszenieren. Hast du sie jemals in ihrem Schmetterlingskleid gesehen? Das vergisst man nicht. Leider lässt sie bei ihrer Herrschaft etwas die Zügel schleifen … Macht muss man nutzen! Alle müssen sie spüren können. Sonst geht sie dahin wie Morgennebel im Sonnenlicht.«

Ich nickte und dachte verzweifelt darüber nach, wie ich mich höflich verabschieden konnte.

Als habe er in meinen Gedanken gelesen, richtete sich Shandral auf. Er griff nach einem kleinen, silbernen Glöckchen, das neben den Tellern mit den Leckereien auf dem Tisch stand, und läutete.

Ich hoffte, ein Kobold würde kommen, um mich zu Elija zu bringen und dann hinauszugeleiten. Stattdessen erschien eine Elfe.

»Darf ich dir Leylin vorstellen? Sie wird vielleicht einmal meine Frau werden. Ich kann mich noch nicht entscheiden. Jetzt geht sie erst einmal zurück zu ihrer Familie, die sie an mich verschachern will. Was glaubst du, was der Preis für eine Frau wie sie ist?«

Leylin hielt den Blick gesenkt. Ihre Wangen erröteten. Sie erschien mir in allem das genaue Gegenteil von Shandral. Ihr Haar war schwarz wie die Nacht. Sie hatte es zu einem einzigen, schweren Zopf geflochten, der fast bis zu ihren Knöcheln reichte. Sie trug ein einfaches, lindgrünes Kleid, das mit dem durchscheinenden Alabasterton ihrer Haut nicht gut harmonierte. Ihre Augen waren von einem warmen, dunklen Braun. Sie war eine schöne Frau. Aber schon als ich sie zum ersten Mal sah, hatte ich das Gefühl, dass etwas in ihr zerbrochen war. Sie war zutiefst verletzt. Und sie hatte aufgegeben, um sich zu kämpfen. Ich bin mir im Nachhinein ganz sicher, dass gerade das Shandral besonders reizte. Es machte ihm Freude, sie zu demütigen und dabei jede Grenze zu überschreiten.

»Komm, Leylin. Sag du unserer kleinen Freundin, wie viel du deiner Familie wert bist.«

Sie sah mich nicht an, als sie antwortete. »Drei Truhen mit Gold und das Jagdrecht in einem ausgedehnten Wald.«

»Du vergisst zu erwähnen, dass deine Mutter ganz versessen darauf ist, künftig zu den bevorzugten Gästen auf den Bällen meines Onkels Shahondin zu gehören. Leylins Familie ist völlig bedeutungslos. So wie ihre Tochter ein wenig farblos ist.«

Die Elfe nahm auch diese Beleidigung hin.

Shandral trat an ihre Seite. Er griff nach ihrem Kinn und hob ihren Kopf. Es war eine Geste wie auf einem Viehmarkt. »Was meinst du, kann man mit ihr Freude im Bett haben? Sie ist sicherlich fügsam, aber ganz ohne Feuer.« Er sah mich auf eine Art an, als könne er durch mein Kleid hindurchsehen. »Ganz anders als du. Ich bin mir sicher, wer einst dein Herz erobert, wird stürmische Liebesnächte erleben.«

Jetzt spürte ich, wie meine Wangen aufglühten. Ich verachtete ihn. Aber dem Bann seiner Schönheit konnte ich mich nicht ganz entziehen. Ich stellte mir vor, wie es wohl sein würde, ihn zu küssen.

»Deine Lutin sollen sie für mich nach Arkadien bringen. Du kannst sie mitnehmen, so wie sie ist. Sie besitzt nichts außer den Kleidern an ihrem Leib. Da sie mich bislang nicht sonderlich gut unterhalten hat, gibt es keinen Grund für irgendwelche Geschenke.«

Ich stand auf. Das war die Gelegenheit zu verschwinden. »Ich werde sie nach Hause bringen«, sagte ich mit fester Stimme und nahm sie bei der Hand. Dann ging ich mit Leylin zur Treppe, ohne darauf zu warten, ob Shandral uns förmlich aus seiner Gesellschaft entließ.

Ich spürte, wie Leylin zitterte. Und ich fragte mich, was er wohl mit ihr angestellt hatte.

Shandral unternahm keinen Versuch, uns aufzuhalten. Bei dem Tisch mit den abgehackten Händen erwartete mich Elija. Er machte ein verkniffenes Gesicht und war sichtlich erleichtert, als wir das Haus des Elfen verließen. Wir kehrten zur Herde zurück, wo ich im Schutze von Gromjans Zelt wieder meine wirkliche Gestalt annahm.

Ich dachte, damit sei alles erledigt. Ich hätte es besser wissen müssen.

Sturmrufers Ende

Leylin war eine wunderbare Reisegefährtin. Leider war ich gezwungen, solange sie bei uns weilte, weiter als Elfe Ganda zu erscheinen, damit der Betrug nicht ruchbar wurde. Ich hatte Gromjan alles über das Gespräch mit Shandral erzählt. Er wurde mit dem Elfenfürsten einig, und wir nahmen Leylin für eine stattliche Summe Gold in unsere Reihen auf, um sie zurück nach Arkadien zu bringen. Sie reiste nur mit einem kleinen Kleidersack, und ihre Begleitung bestand aus einem in die Jahre gekommenen Blütenfeenmann namens Mondauge. Er war so dick, dass er kaum noch fliegen konnte, aber er schaffte es, Leylin zum Lachen zu bringen. Nur deshalb spielte ich ihm keine Streiche. Leylin tat mir leid. Sie sollte noch ein schreckliches Schicksal haben, aber das ist eine andere Geschichte.

Kaum war Leylin bei uns eingetroffen, da machten wir uns auf den Weg zum nächsten Albenstern. Drei Tage wanderten wir, bis wir den Weg durch das Nichts wagten. Alles ging gut. Gromjan führte uns nach Arkadien. Fünf Tage, nachdem wir Feylanviek verlassen hatten, übergaben wir Leylin ihren Eltern. Sie machten keinen Hehl daraus, dass sie von Lutin nichts hielten. Die Tatsache, dass man ihre Tochter mit dem verrufenen Klan Gromjans geschickt hatte, betrachteten sie als Beleidigung. Und ich hörte, wie ihre eigene Mutter Leylin schalt, dass sie sich Shandral gegenüber wohl nicht höflich benommen habe. Ich stand kurz davor, dieser eingebildeten Schnepfe meine Meinung sagen, aber Mondauge hielt mich zurück. Er war der Überzeugung, dass mein Protest alles nur noch schlimmer machen würde. Er flüsterte mir auch zu, dass er um mein Geheimnis wisse und mich längst durchschaut habe. Schon deshalb solle ich besser keine Aufmerksamkeit erregen.

Bis dahin hatte ich Blütenfeen immer für etwas versponnene, weltfremde Geschöpfe gehalten. Sie von nun an anders zu sehen, legte den Grundstein für die tiefste Freundschaft meines Lebens.

Gromjan führte seine Herde tief ins Herz Arkadiens. Es ist ein wundersames Land. Die Elfen herrschen hier schon lange, und es heißt, sie hätten die Landschaft geformt und wilde Natur den Gesetzen der Harmonie unterworfen. Ich weiß nicht, ob das stimmt, aber Arkadien ist wirklich von solcher Schönheit, dass einen ein seltsam melancholisches Gefühl überkommt, wenn man die Landschaft betrachtet. Selbst die Wildblumenwiesen sind schöner als die meisten Gärten, die ich gesehen habe.

Manchmal sahen wir auf entfernten Hügeln Kobolde arbeiten. Sie schienen große Mengen von Erde zu bewegen, um die Winkel von Hügelflanken zu verändern. Auch sah ich, wie sie ein neues Bett für einen Bach gruben.

Wir besuchten nur ein einziges Mal ein Dorf und gaben einen Teil des Goldes für Lebensmittel und Wein aus. An einem See, der nicht weit von der Stadt Lavianar entfernt lag, schlugen wir unser Lager auf.

Wir rasteten an einer kleinen Bucht, wo uns das Lied der Rohrdommel empfing. Und Gromjan überraschte mich.

Ich hatte wieder meine richtige Gestalt angenommen und schleppte einen gut gefüllten Sack mit Echsendung, als er zu mir ans Ende der Herde kam. Er deutete auf eines der Jungtiere, die zwischen den großen Echsen wanderten. »Dort zwischen Torkelschritt und Wolfsbeißer siehst du Mondkragen. Dies wird deine Hornschildechse sein. Du hast die Schuld deiner Mutter abgetragen. Mondkragen ist alt genug. Wir werden morgen damit beginnen, eine kleine Plattform für ihren Rücken zu fertigen. Du wirst dann dein eigenes Zelt haben.«

Ungläubig besah ich mir die junge Echse. Ihre faltige Haut hatte noch den grasgrünen Ton der Jungtiere, obwohl sie schon fast ausgewachsen war. Misstrauisch blickte ich zu Gromjan und schnupperte. Nichts deutete darauf hin, dass er es ironisch meinte.

»Du hast dich als Zauberin bewährt. Ich habe Hoffnung, dass wir in Lavianar andere Reisende finden werden. Damit, dass Shandral, ein Spross des Fürstenhauses von Arkadien, uns seine zukünftige Braut anvertraut hat, ist unser Ruf endgültig wiederhergestellt. Eine Zeit der Feste und der weiten Reisen steht uns bevor. Eine Zeit, wie wir sie alle aus Erzählungen kennen. Doch vergessen wir das.« Er zwinkerte mir zu. »Dass du dich in eine Elfe verwandeln kannst, heißt nicht, dass du davon entbunden wärst, den Hasenzauber zu erlernen. Übermorgen fangen wir wieder an zu üben.« Mit diesen Worten machte er sich davon.

Am Abend feierten wir ein Fest, wie ich es im Klan noch nicht erlebt hatte. Man konnte so viel essen, wie man nur wollte! Köstliches Schweinefleisch, eingelegte Amseln, kandierte Kirschen. Ich stopfte mich voll, bis ich mich nicht mehr bewegen konnte. Sogar Wein durfte ich trinken. Wenn ich genauer darüber nachdenke, war es vielleicht der Wein, der dafür verantwortlich war, dass ich die Strickleiter zu meinem Schlafplatz hinauf nicht erklimmen konnte.

Am nächsten Morgen erwachte ich vom klagenden Ruf des Eistauchers. Wer je das Lied dieses Vogels gehört hat, der weiß, wie es einem durch und durch geht. Die Bilder verwischen in meiner Erinnerung, aber Worte und Laute haben sich mir von jeher so deutlich eingeprägt, dass ich Gespräche, die Jahre zurückliegen, genau wiederholen kann.

Ich hatte das Gefühl, ein kleines pelziges Tier anstelle meiner Zunge im Mund zu haben. Ein Specht schien den Weg in meinen Kopf gefunden zu haben und versuchte, verzweifelt hämmernd wieder zu entfliehen.

Ich suchte mir etwas Brot, tunkte es in kaltes Bratenfett und aß. Langsam ging es mir besser. Die Hornschildechsen waren alle wach. Sie hatten sich im Kreis um uns versammelt. Es ist schon gut, wenn man ein Lager hat, das sich um sich selbst kümmert. Mondkragen stand am Ufer des Sees und trank. Ich ging zu der wunderschönen jungen Echse, streichelte sie und schwatzte ihr die Ohren voll.

Mondkragen war geduldig mit mir. Sie wusste, dass sie bald mein Zelt tragen würde.

Wieder hallte der Ruf des Eistauchers durch die Nebelschwaden, die über dem Wasser standen. Mich fröstelte. Weit entfernt hörte ich ein dumpfes Grollen. Es muss am Wein gelegen haben, dass ich einige Zeit brauchte, um das Geräusch zu erkennen. Es war Hufschlag. In Arkadien gibt es keine Büffelherden oder andere Tiere, die in großen Gruppen frei über das so sorgsam geordnete Land ziehen.

Zweistoß stieß ein heiseres Blöken aus. Sofort kam Bewegung in die Herde. Die großen Echsen rückten näher; knirschend rieben die mächtigen Hornplatten ihrer Krägen aneinander. Eine Ziege meckerte jämmerlich, weil sie außerhalb des Schutzkreises geblieben war.

Zita kam aus ihrem Zelt auf dem Rücken Sturmrufers. Sie trug nur ein Hemd. »Auf die Beine, ihr Säufer!«, rief sie und war fast so laut wie Zweistoß. Sie wickelte das Öltuch von der großen Armbrust, die dicht neben ihrem Zelt auf das Geländer der Plattform aufgesetzt war.

Mira erschien neben ihrer Großmutter und winkte mir gutgelaunt zu. Sie trug wieder einmal mein Kleid! Verdammte, kleine Diebin, dachte ich! Daran erinnere ich mich noch genau.

Das Grollen der Hufe kam näher. Ich war unbedarft. Ich hatte ja eine Zeit unter Kentauren gelebt und nur gute Erinnerungen an fernen Hufklang. So trat ich zwischen die Beine von Wolfsbeißer, um nachzusehen, wer dem Ufer des Sees entgegenstrebte.

Die lange, sanft ansteigende Uferböschung verwehrte den Blick in die Ferne. Immer näher kam der Hufschlag. Hinter mir im Lager waren jetzt fast alle auf den Beinen. Ich hörte Gromjan Befehle rufen. Die Hornschildechsen grunzten kriegerisch.

Und dann erschienen sie. Es waren Kentauren, und ich wusste sofort, was wir zu erwarten hatten. Hundert oder mehr kamen auf den Hügelkamm und verharrten. Über ihren Häuptern wehte die Wolfsstandarte – Dutzende Wolfsschwänze, die von einer langen Querstange hingen. Sie waren Ausgestoßene der großen Kentaurenstämme, ohne Rechte, Plünderer und Söldner. Und sie hatten hier, in diesem geordneten Land, nichts zu suchen!

Manche hatten sich das Haar zu seltsamen Borstenkämmen geschoren und diese rot, schwarz oder gelb eingefärbt. Deutlich sah ich ihre Tätowierungen auf der von Wind und Wetter gegerbten Haut. Sie waren der Abschaum des Windlands, Wesen, für die selbst in den wilden Stämmen kein Platz war. Verzweifelte, die für Gold alles taten.

Ich duckte mich hinter eines der baumdicken Beine von Wolfsbeißer. Wie ein Mann stürmten die Kentauren den Hang herab. Erde spritzte unter den hämmernden Hufen auf. Ich spürte den Boden unter meinen Füßen erbeben.

Die meisten Kentauren waren mit den kurzen Bogen der Steppenvölker bewaffnet. Sie feuerten eine Wolke von Pfeilen ab. Den mächtigen Echsen konnten die Geschosse nichts anhaben. Doch sie waren auch nicht das Ziel.

Wolfsbeißer stampfte unruhig mit den Füßen. Ich spürte, dass er den Kentauren am liebsten entgegengestürmt wäre. Über mir hörte ich das unverwechselbare Klacken der Armbrüste, scharf, metallisch.

Ich sah einen der Pferdemänner stürzen. Ein Bolzen hatte ein blutiges Loch unter sein rechtes Auge gestanzt. Er überschlug sich. Andere Kentauren konnten nur mit Mühe ausweichen.

Ich kam unter Wolfsbeißers Leib hervor und kletterte die Strickleiter empor. Zwei Lutin bedienten die schwere Armbrust. Sie hatten vor dem Bogen der Waffe einen hölzernen Schutzschild aufgerichtet. Pfeile steckten darin.

Ein Geschoss verfehlte mich knapp und blieb in der Wand des Zeltes neben mir stecken.

Einer der beiden Lutin drehte sich zu mir um. »Bleib in Deckung!«, fluchte er.

Ich warf mich flach zu Boden. Auf der Hornechse neben uns sah ich Zita. Die Alte bediente allein eine Armbrust. Neben ihr hüpfte Mira auf und ab und schrie den Kentauren wüste Flüche entgegen.

Jemand fiel schwer auf meinen Rücken. Der Schütze war getroffen. Ich habe seinen Namen längst vergessen, nicht aber den Schrei seiner Frau. Sie beugte sich über ihn und nahm ihn in die Arme. So wurde ich befreit. Mein Hemd war mit Blut besudelt. Nie zuvor hatte ich eine solche kalte Wut gespürt.

Ich ging zur Armbrust und ignorierte die Pfeile.

Hinter der Uferböschung, außer Sicht, erklang ein Horn.

Widerwillig zogen sich die Kentauren zurück. Ich spähte durch die Öffnung im Schutzschild der Waffe und richtete sie auf einen der Pferdemänner. Langes Haar fiel ihm über den Rücken. Ich zog den Abzugshebel der Armbrust und sah den Kentauren stürzen. Dann kämpfte ich mit verzweifelter Wut mit der Winde, um die Waffe erneut zu spannen. Ich war sechs, als ich zum ersten Mal tötete. Und die Erinnerung daran verfolgte mich nicht in meinen Träumen.

Die Kentauren blieben hinter dem Hügel verschwunden. Erste Jubelrufe wurden laut.

Ich sah, wie von der Plattform auf dem Rücken von Zweistoß ein Adler aufstieg. Er glitt über den See hinaus und versuchte mit kräftigen Flügelschlägen an Höhe zu gewinnen.

Die Hornschildechsen blökten unruhig. Torkelschritt stieß ein leises Wimmern aus. Ein Pfeil hatte seine Nüstern durchschlagen.

Hufschlag überlagerte alle anderen Geräusche. Wie eine Welle aus Fleisch kamen die Kentauren erneut über die Böschung. Ich witterte es, noch bevor ich es sah. Rauch!

Etliche hielten brennende Pfeile. Sie wirbelten sie hoch über dem Kopf.

Eine Salve von Armbrustbolzen flog den Pferdemännern entgegen. Auch ich schoss, aber ich war so aufgeregt, dass ich nicht darauf achtete, ob ich getroffen hatte.

Die Lutin, deren Mann gefallen war, half mir, die Winde zu bedienen. Meine Hände zitterten, als ich einen neuen Bolzen aus der Kiste unter der Armbrust nahm.

Die Kentauren kamen auf weniger als fünfzig Schritt heran. Und sie alle schossen auf Zitas Hornschildechse Sturmrufer. Die Pfeile zogen dünne, blassgraue Rauchfäden hinter sich her. Sie schlugen in den Hornkragen und das trockene Bambusgerüst. Einige trafen das Zelt, das sofort in hellen Flammen stand.

Mira machte mitten in ihrem Hüpfen einen Satz nach hinten. Sie schlug gegen das Zelt und kam schwankend wieder auf die Beine. Sie wirkte benommen. Sie sah genau in meine Richtung. Ein Pfeil hatte ihren linken Arm durchschlagen.

Zita schrie.

Rings um sie herum bohrten sich brennende Geschosse in den Schild der Armbrust, die Bambusrohre und das Zelt.

Mira taumelte zum Geländer der Plattform. Ich glaube, sie wollte sich aufstützen, um nicht hinzustürzen. Ein zweiter Pfeil traf sie, diesmal mitten in den Bauch. Sie knickte in sich zusammen und sackte unter dem Geländer hindurch. Ich sah sie fallen. Dann trafen sie zwei weitere Pfeile. Sie wurde dicht unter dem Hornkragen auf Sturmrufers Schulter genagelt.

Blut lief über seine zerfurchte Haut, als rinne die Farbe aus Miras rotem Kleid.

Ich verließ meinen Posten an der Armbrust und sprang hinüber auf die andere Echse. Der heiße Atem des Feuers biss in mein Gesicht. Sturmrufer schrie vor Entsetzen. Er brach aus dem lebenden Wall der Hornschildechsen aus. Ein Kentaur wich ihm zu spät aus und wurde zum Opfer eines der langen, geschwungenen Hörner.

Zita versuchte, an Mira zu gelangen. Noch immer prasselten Pfeile auf die große Echse nieder. Es stank nach verbrannter Haut. Sturmrufer schüttelte sich. Er versuchte, die brennende Plattform von seinem Rücken zu schleudern.

Ich griff nach einem Seil und schwang mich zu Mira hinab. Es war dumm! Aber ich war ein Kind. Ich wollte nicht wahrhaben, dass meine Freundin schon längst tot war. Ihr rechter Arm pendelte bei jedem Schritt der Echse hin und her, als winke sie dem grünen Gras zu.

Ich bekam den Hornkragen zu packen. Im selben Augenblick warf sich Sturmrufer zur Seite. Ich wurde davongeschleudert.

Die Echse wälzte sich im Gras. Das brennende Bambusgerüst zerbarst unter Sturmrufers Gewicht. Zita verschwand zwischen Bambusrohren und brennenden Fetzen des Zeltes. Die riesige Echse rollte über sie hinweg

Stampfende Hufe verfehlten mich nur knapp. Ich schlug schützend die Arme über den Kopf.

Mehrere Kentauren umringten Sturmrufer. Sie stachen mit langen Reiterlanzen nach ihm. Ich entdeckte ein schwelendes Stoffbündel. Nikodemus, Elijas und Miras kleiner Bruder! Er war in eine Decke gewickelt. Als die Echse sich auf den

Rücken geworfen hatte, musste er aus dem Zelt geschleudert worden sein.

Ohne auf die Gefahr zu achten, lief ich Sturmrufer entgegen. Immer wilder schrie die große Hornschildechse. Sie versuchte wieder auf die Beine zu kommen. Die Haltegurte der Plattform hatte sie nicht abstreifen können, das Bambusgerüst war zersplittert. Schwelende Reste hingen noch auf dem Rücken der Echse. Einige hatten sich in das verbrannte Fleisch gebohrt. Noch mehr Blut rann über die Flanken der Echse. Ich sah Zita zwischen den Bambustrümmern im zerwühlten Gras.

Endlich bekam ich Nikodemus zu packen.

Ich drückte den Kleinen fest an meine Brust. Dicht neben mir bohrte sich eine Speerspitze ins Gras. Ich wich aus und merkte zu spät, dass ich Sturmrufer zu nahe gekommen war. Etliche Lanzen ragten aus seinem Leib. Er brüllte vor Wut und Schmerz. Und dann warf er sich erneut zu Boden. Noch immer fraß sich die schwelende Glut der Bambusstangen in die Wunden auf seinem Rücken.

Ich wich zurück, doch ich war nicht schnell genug.

Eine andere Zeit

Wie eine graue Felswand stürzte mir die Echse entgegen. Nikodemus schrie, und ich presste ihn noch fester an meine Brust. Dann wurde es dunkel. Ein Schlag traf mich und riss mich von den Beinen. Ich stürzte und wartete auf den Schmerz, der mein Leben auslöschen würde.

Stattdessen glitt der geschundene Leichnam Miras dicht an meinem Gesicht vorbei.

Die Schmerzensschreie von Sturmrufer übertönten jedes andere Geräusch. Über mir erschien der endlos weite, blaue Himmel.

Ich schluchzte und hielt Nikodemus ganz fest. Erst später begriff ich, was geschehen war. Ich war zwischen dem Nacken und dem großen Hornschild zum Liegen gekommen. So hatte ich überlebt.

Ein Horn erklang. Auf dem Kamm der Uferböschung war ein Reiter auf einem prächtigen Rappen erschienen. Er trug eine geschwärzte Rüstung und einen scharlachroten Umhang.

Die Kentauren ließen von ihrem Angriff ab, jetzt, da sie eine Lücke in den lebenden Wall der Echsen geschlagen hatten … Sie preschten den Hang hinauf und verschwanden ebenso wie der Reiter.

Ich blieb liegen. Ich hatte keine Kraft, mich aufzurichten.

Hoch am Himmel kreiste der Adler. Ich ahnte, dass es Gromjan war, der weiter unsere Feinde beobachtete.

Elija war als Erster bei mir. Er nahm mir Nikodemus aus den Armen. Ich blieb immer noch liegen. Ich war wie gelähmt und begriff nicht, warum ich nicht tot war.

Langsam sammelten sich andere Lutin um uns. Sie halfen mir auf.

Außer Mira und Zita hatte es nur zwei weitere Tote gegeben. Sturmrufer lag im Sterben. Eine Decke war über seine Schulter gebreitet. Darunter lugte ein Stück vom Saum meines roten Kleides hervor.

Ein Gefühl überkam mich, als läge ein großer Eisklumpen tief in meinem Leib. Die Kentauren unter dem Wolfsbanner waren als Räuber und Plünderer verschrien. Aber ausgerechnet, als der Wall der Echsen durchbrochen war und sie die Herde hätten auseinandertreiben können, zogen sie sich zurück. Es war offensichtlich, dass sie an diesem Tag den Befehlen eines Elfen gehorchten. Sie waren nicht gekommen, um uns unsere bescheidenen Schätze zu stehlen. Sie sollten die Lutin im roten Kleid töten! Und als sie sich sicher waren, dass ihnen das geglückt war, setzten sie sich nicht länger dem Beschuss der Armbrüste aus.

Ich wich vor Sturmrufer zurück. Kaum wagte ich, den anderen ins Gesicht zu sehen. Aber ich spürte, dass auch sie die Wahrheit erkannt hatten. Ich war der Quell des Übels, das über Gromjans Herde hereingebrochen war.

Mehr und mehr Lutin versammelten sich um mich. Sie bildeten schweigend einen weiten Kreis. Elija kniete noch immer bei mir. Er hielt Nikodemus im Arm und tröstete ihn. Seine Linke ruhte auf meiner Schulter. Ich bin mir bis heute nicht sicher, ob er mich trösten oder mich zu Boden drücken wollte.

Endlich erschien Gromjan. Er war nackt und kam über den Kamm der Uferböschung. »Sie sind jetzt viele Meilen entfernt. Brecht das Lager ab! Nehmt die Toten mit. Wir werden diesen Ort schnell verlassen.«

Seine Worte zerschlugen den Kreis der schweigenden Lutin. Ohne etwas zu sagen, befolgten sie seinen Befehl. Keine Totenklage war zu hören.

Gromjan holte seinen Nackenstecher, die dreikantige, mörderisch spitze Klinge, die jeder erwachsene Lutin besaß. Er kauerte sich neben Sturmrufer und sprach leise mit der alten Echse. Schließlich erlöste er sie von ihren Qualen.

Der Alte sorgte dafür, dass wir jedes Gefäß, das wir nur finden konnten, mit Wasser füllten. Dann führte er die Herde nach Westen. Einen Tag und eine Nacht wanderten wir ohne Unterlass. Nur die getragenen Melodien der Totenlieder begleiteten uns. Das Land ringsherum schien unsere Gefühle mit seiner Schönheit zu verspotten.

Niemand kreuzte unseren Weg. Am Mittag des zweiten Tages öffnete Gromjan ein Tor und brachte uns über die Albenpfade. Der Weg kam mir lang vor. Wir traten hinaus in ein warmes Land. Gleißendes Licht strahlte am Himmel. Der Boden war mit Geröll bedeckt, zwischen dem nur einzelne, vertrocknete Grasbüschel wuchsen.

Die heiße Luft schien ein Stück entfernt wie flüssiges Glas über dem felsigen Grund zu zerfließen. Jetzt regten sich die ersten Stimmen.

Gromjan stand hoch aufgerichtet auf der Plattform über den Schultern von Zweistoß. Er deutete auf die Einöde. In der Ferne sah man blassblaue Berge. »Wir haben einen Zeitsprung gemacht, als ich euch durch das Nichts führte.« Er ließ die Worte wirken.

Die Kinder der Herde sahen sich erschrocken an. Manche tuschelten leise miteinander.

»Es war notwendig, um unseren Feinden zu entfliehen. Es ist eine Sache, uns über die Albenpfade zu folgen. Begabte Magier könnten dort unsere Spur finden. Aber unserem Weg durch die Zeit zu folgen, ist fast unmöglich. Niemand mag freiwillig ein Stück seines Lebens verschenken. Wir sind nun sicher. Zumindest für eine Weile. Vor uns erstreckt sich das verbrannte Land, der Ort, an dem die Drachen und das Bündnis der Albenkinder ihre letzten Schlachten austrugen. Auf Hunderte Meilen gibt es dort keinen Albenstern, nicht einmal einen Albenpfad. Wir werden in Sicherheit sein. Nun folgt mir!«

Ich band mir einen Schal über die Schnauze, weil die heiße, trockene Luft in meiner Kehle brannte. Ich saß im Nacken von Mondkragen. Mit sanftem Schenkeldruck lenkte ich sie in die Spur von Zweistoß.

Die Hitze und der wiegende Schritt machten mich müde. Bald war ich in einem Zustand zwischen Wachen und Dämmern. Irgendwann muss ich eingeschlafen sein.

Jemand rüttelte sanft an meiner Schulter. »Wach auf!« Es war Elija, der gekommen war. »Alle warten auf dich. Wir haben etwas zu besprechen.«

Augenblicklich spürte ich einen dicken Kloß im Hals. Ich hatte damit gerechnet, seit wir den See verlassen hatten. Es war allzu deutlich, wem sie den Überfall zu verdanken hatten. Sie würden sich meiner entledigen. Auf die eine oder andere Weise.

Meine Glieder waren ganz steif, weil ich in so unnatürlicher Haltung geschlafen hatte, und mein Mund war trocken. Elija half mir, von Mondkragens Rücken zu steigen. Unten angekommen, drückte er mir die Hand.

»Ich werde auf dich aufpassen«, flüsterte er mir zu.

Ich seufzte schwer. Er war noch kein Mann. Er trug noch nicht Häutermesser und Nackenstecher an seinem Gürtel. Aber er wurde von vielen respektiert. Er hatte etwas Besonderes an sich, er konnte begeistern. Schon jetzt zeigte sich etwas von dem, was Jahre später deutlich offenbar wurde: Er war der geborene Anführer.

Seine Worte machten mir neuen Mut, und er blieb an meiner Seite, als wir in den Kreis der Herde traten. Ein Feuer aus Echsendung brannte.

Gromjan reichte mir einen Lederschlauch mit lauwarmem Wasser. Er wartete, bis ich getrunken hatte. Alle sahen mich an. Ihre Blicke lasteten wie Säcke voller Steine auf mir. Meine Knie wurden weich unter dieser Last.

Elija schien es zu spüren. Wieder drückte er meine Hand.

»Morgen werden wir um unsere Toten trauern«, sagte Gromjan mit müder Stimme. »Aber heute noch müssen wir über unsere Zukunft entscheiden. Ganda ist der Schlüssel zu allem. Sie ist noch ein Kind und zugleich ist sie, rechnet man vom Tag ihrer Geburt an, die Älteste von uns allen. Sie hat uns zurückgegeben, was ihre Mutter uns genommen hat. Und zugleich hat sie das Verhängnis heraufbeschworen, das uns ereilte. Shandral muss durchschaut haben, wie sie ihn getäuscht hat. Was sie falsch gemacht hat, kann ich nicht sagen. Aber für mich steht außer Zweifel, dass er die Kentauren schickte, um die Lutin im roten Elfenkleid töten zu lassen.

Wir alle wissen, dass sich Mira Gandas Kleid nahm, ohne zu fragen. Trifft Ganda eine Schuld? Meine Meinung dazu ist fest begründet, doch ich werde eurem Urteil nicht vorgreifen. Ihr alle kennt sie. Seit vielen Wochen lebt sie nun schon in unserer Mitte. Der Spross einer Elfenfürstenfamilie will ihren Tod. Wenn Shandral bemerkt, dass Ganda noch lebt, wird er erneut seine Mörder schicken. Sie bringt uns alle in Gefahr. So müssen wir nun entscheiden, ob wir sie in der Steinwüste aussetzen oder diese Gefahr gemeinsam tragen.«

Ich glaubte zu wissen, was nun kommen würde. Aber ich kannte mein Volk noch nicht. Ich hatte immer gedacht, ich sei trotzig, unvernünftig und dickköpfig. Ganz besonders dann, wenn es darauf ankommt, einen klaren Verstand zu behalten. Aber wie sich zeigte, sind wohl alle Lutin so.

»Wenn ihr sie in der Wüste aussetzt, dann seid ihr mich auch los.« Elija war der Erste, der etwas sagte. Er stand dicht bei mir. Er war aufgeregt. Noch hatte er nicht viel Übung darin, vor einer Menge zu sprechen. »Wir sollten nicht das Opfer zum Täter machen. Sie hat immer ihr Bestes für uns gegeben. Es ist die Ordnung unserer Welt, die falsch ist. Die Tyrannei der Elfen, die Kobolde schon immer für ihre Sklaven gehalten haben. Es ist an der Zeit, ihnen zu zeigen, dass wir mehr sind. Eines Tages wird selbst ihre Königin Emerelle bereuen, dass meine Schwester starb. Ich stehe zu Ganda!«

»Ich wäre ein schlechter Meister, wenn ich sie verlassen würde, bevor sie den Hasenzauber gelernt hat. Das ist das Mindeste, was ein Lutin zuwege bringen sollte. Sogar Nikodemus der Ältere hat es zuletzt gelernt.« Gromjans Worte ließen die meisten schmunzeln und nahmen der ernsten Lage etwas von der Spannung. »Als Lehrer stehe ich in der Pflicht. Ich werde bei ihr bleiben müssen.«

Jeder von ihnen sprach. Manche machten nur eine kurze, witzige Bemerkung. Andere waren in der Stimmung, ihren Gefühlen einfach freien Lauf zu lassen. Sie stritten nicht, und alle hörten einander zu, ohne sich zu unterbrechen. Es war dieser Abend, der eine andere Welt gebar. Und Shandral war schuld daran. So dachten wir damals. Wir hatten ja keine Ahnung.

Die Macht der Worte

Ich muss eingeschlafen sein. Ich betrachte erschöpft die huschenden Schatten tief in den Kristallwänden. Ist dort etwas Beseeltes? Beobachten sie mich? Ich versuche zu schätzen, wie lange ich wohl geschlafen habe. Nichts hier in der Höhle erlaubt, die verstreichende Zeit zu messen. Ich muss länger als nur zwei oder drei Stunden geruht haben. Viel deutlicher höre ich sie graben. Und manchmal vernehme ich jetzt auch Stimmen. Das ist neu! Wie viel Zeit bleibt mir noch?

Die Jahre im verbrannten Land waren eine harte und entbehrungsreiche Zeit. Und doch, wenn ich zurückblicke, waren es meine besten Jahre. Ich wurde vom Mädchen zur jungen Frau. Und Elija wurde vom Freund zum Liebhaber. In ihm brannte ein Feuer, die Flamme des Widerstandes. Er gab unserem Volk seinen Stolz zurück. Und er wagte das Undenkbare. Ich kann rückblickend nicht genau benennen, wann ihn der Ehrgeiz überkam, der Herrschaft der Elfen ein Ende zu setzen. Es war noch, bevor wir das erste Mal miteinander das Lager teilten. Später wurde mir immer wieder schmerzlich bewusst, dass seine wirkliche Liebe der Idee zur Revolte galt. Ihr opferte er alles. Sosehr uns seine Ideale anfangs verbanden, entfremdeten sie mich letztlich von ihm. Aber bis dahin war es noch ein langer Weg.

Im kargen verbrannten Land mit seinen wenigen, wohlverborgenen Oasentälern schärft sich der Verstand. Das Auge lenkt vom klaren Denken nicht ab. Die Ideen für fast all seine berühmten Schriften kamen Elija in den Jahren, die wir in der Steinwüste verbrachten. *Auf welcher Seite stehst du?*, *Geboren zu herrschen?*, *Von der Dialektik der Ohnmacht* oder *Kobolde zum Lichte empor*, entstanden in unserem Exil.

Es folgte die Zeit, in der Elija seine Ideen nach außen trug. Er war ein sehr guter Pfadfinder geworden. Doch ohne mir schmeicheln zu wollen, ich war noch besser. In der Kunst, Zauber zu wirken, übertraf ich ihn auf allen Gebieten. Vielleicht war es mir in die Wiege gelegt worden, vielleicht lag es auch daran, dass Elija im Geiste immer bei seiner Revolution war.

Ich glaube, sieben Jahre verstrichen, bevor er sich zum ersten Mal aus der Abgeschiedenheit der Wüste hervorwagte. Für ein endloses halbes Jahr blieb er verschwunden. Als er zurückkehrte, war er abgemagert. Sein Fell hatte keinen Glanz mehr, und ein Fieber zehrte an seinen Kräften. Ich pflegte ihn drei Wochen lang. Und immer, wenn seine Kraft reichte, um zu reden, erzählte er mir von den zahllosen Koboldsiedlungen und Koboldschenken, die er besucht hatte. Und von dem Mann, der künftig seine Worte in Blei gießen sollte. Aber er schien auch gejagt worden zu sein. Darüber sprach er nicht. Doch seit dieser ersten Reise gebrauchte er falsche Namen für alles und jeden, um es den Häschern, wie er sie nannte, schwerer zu machen. Mich ernannte er zur Kommandantin *Schlüsselchen*. Früher hatte er mich auch sein *Rotes Schlüsselchen* genannt. Er spielte damit auf Gromjans Rede an, in der der Alte mich zum Schlüssel aller Ereignisse auserkoren hatte. Und warum er mich in zärtlichen Stunden

Rotes Schlüsselchen nannte, wird der geneigte Leser sicher auch ohne mein Zutun erraten. Jedenfalls, wenn er sich nicht in den üblichen Metaphern der Liebeslyrik verfängt.

Gromjan stand Elijas Taten zunehmend skeptischer gegenüber. Nicht, dass er die Ziele an sich infrage stellte. Aber er schätzte die neuen Wege nicht, die Elija einschlug. So glaubte er nicht, dass einer von uns den Sturz der Elfen erleben würde. Er wollte die Dinge langsam angehen und hielt nichts von den versponnenen Geheimnamen, die Elija ersann. Stattdessen wies er mich darauf hin, dass die Lutin sich schon seit Jahrhunderten darauf verstanden, Geheimnisse offen bei sich zu tragen, sodass jeder sie sehen und doch kaum jemand sie zu erkennen vermochte. Er unterwies mich darin, wie man in den wechselnden Mustern der prächtigen Stickereien auf den Westen der Frauen geheime Nachrichten verbarg. Ich hatte mit Elija einigen Ärger, weil ich mich anstrengte, diese *Geheimschrift* zu erlernen. Er hielt sie für überholt, für zu kompliziert und zu langsam. Zumindest mit Letzterem hatte er recht. Eine solche Weste zu besticken, mochte ein halbes Jahr dauern. Aber ich hatte meine eigenen Gründe zu lernen und ließ mich durch sein Gerede nicht davon abbringen.

Auf seine zweite längere Reise nahm Elija mich mit. Er stellte mich dem Schwarzen vor, jenem Kobold, der unsere Flugschriften druckte und auch wesentlichen Anteil daran hatte, dass sie verbreitet wurden. Es war eine Zeit voller Angst und Abenteuer. Und beides beflügelt einen zu unvergleichlichen Liebesnächten. Es ist die Furcht, dass es das letzte Mal sein könnte, oder das Hochgefühl, einer Gefahr entronnen und unbesiegbar zu sein. Beides lässt die Frucht der Liebe süßer werden.

Gromjan haben wir enttäuscht. Er konnte Elija nachsehen, dass er gegangen war. Aber dass auch ich ging, hat er mir nicht verziehen. Der Klan brauchte Pfadfinder. Und wir beide waren die besten aus der jungen Generation. Wie aus Trotz führte er die Herde zurück ins Windland. Zunächst ging alles gut. Aber ich glaube, es war die Herde, die auffiel, nicht ich!

Auf meinen Kopf war inzwischen in sieben Elfenfürstentümern ein Preis ausgesetzt worden. Doch sie kannten meinen Namen nicht, sie wussten nur um Kommandantin Schlüsselchen. Und sie wussten, dass ich eine Lutin war. Fast alle übrigen Klans unseres Volkes waren inzwischen von Elijas Ideen angesteckt. Es gab kaum eine Koboldsiedlung, in der seine Streitschriften nicht im Verborgenen zu finden waren.

Die Elfen und ihre Büttel reagierten immer entschiedener. Besonders schlimm war es in Arkadien. Fürst Shahondin ließ *mehrfach verwirrte Kobolde*, wie er sie nannte, in aller Öffentlichkeit hinrichten. Er begriff nicht, dass er damit unserer Sache einen Gefallen tat. Jeder Tote brachte hundert neue Rebellen.

In dieser Zeit wechselte ich oft meine Gestalt. Eine Lutin erlaubte ich mir fast nie zu sein. Ein Fuchskopf machte einen damals zum Verdächtigen, selbst wenn man nur am Wegesrand saß und in Frieden ein Pfeifchen rauchte. Die übrigen Koboldvölker aber trugen rote Mützen, wenn sie zu erkennen geben wollten, dass sie unserer Sache angehörten. Elija behauptete, sie täten es, um unser rotes Fell nachzuahmen.

Jetzt, mit dem Abstand der Jahre, sehe ich manche Dinge, die ich damals getan habe, in einem neuen Licht. Ein Leben galt uns zu wenig! Wir hätten mehr auf Gromjans Rat hören sollen. Wir wären auch langsamer zu unserem Ziel gelangt.

Allein aus meinem Klan verschwanden in den Jahren der heimlichen Revolte drei Lutin in den Kerkern der Elfenfürsten. Was mit ihnen geschah, wurde bis heute nicht aufgeklärt.

Mich ereilte mein Schicksal auf Shandrals Verlobungsfest. Ich war dort, um mich mit einigen der Spinnenmänner zu treffen, die er in seine Leibwache aufgenommen hatte. Diese Kobolde aus den Mondbergen wurden als unbestechlich angesehen. Ihre Treue galt nicht ihrem Herrn, sondern dessen Gold. Aber da das Fürstenhaus von Arkadien dank der Ausbeutung von uns Kobolden über nahezu unermessliche Schätze verfügte, gab es keinen Grund, sich um die Loyalität von Spinnenmännern Sorgen zu machen. Zumindest glaubten die Elfen das in ihrer maßlosen Überheblichkeit.

Ich werde dieses Fest nie vergessen. Kurz zuvor hatte ich mich mit Elija gestritten. Wir hatten eine kleine Überraschung vorbereitet, aber er wollte fort. Ich hingegen bestand darauf, Shandrals Gesicht zu sehen. Elija ging …

Ich mischte mich unter die zahllosen Kobolde des Hauspersonals. Ich musste es einfach miterleben. Zwei Monde lang hatte ich meinen neuen Zauber erprobt, hatte Dutzende kleiner Torten dabei zerstört. Es war ein unvernünftiger Streich, so wie damals, als ich mit Bollo loszog, um die trächtige Katze in das Bett zu stecken. Aber solche Dinge zu tun, liegt nun mal in meiner Natur, und wenn es mich überkommt, widersetze ich mich jeglichen Argumenten.

Also war ich zugegen, als sich die Fürsten Albenmarks auf Shandrals Fest versammelten. Leylin wirkte noch ebenso traurig wie damals, als Shandral mit seinem Werben um sie begonnen hatte. Aber er war ganz in seinem Element. Kaum wich er von der Seite einer blassen Elfe, die nur ein schlichtes schwarzes Kleid trug. Seltsamerweise ging sie inmitten der Festgesellschaft barfuß. Als Einzige! Ihr Gesicht verbarg sie hinter einem Gazeschleier. Allein die dunkelgrünen Augen und die fein geschwungenen, tiefroten Lippen waren deutlich zu erkennen. Einmal kam ich in ihre Nähe. Sie verströmte einen schweren, irgendwie verstörenden Duft, ein Parfüm, wie ich es nie zuvor gerochen hatte. Und ich bildete mir schon damals einiges auf meine Nase ein. Erst von den anderen Dienern erfuhr ich, wer sie war: Alathaia, die Elfenfürstin, die meinen Vater hatte hinrichten lassen und vor der meine Mutter so verzweifelt geflohen war.

Elija war mit allen Kobolden, die geholfen hatten, die große Festtorte zu backen, längst auf der Flucht. Ihre Familien hatte er mitgenommen. Ich hätte bei ihnen sein sollen. Stattdessen stand ich auf einer Galerie, hoch über dem Festsaal, als Shandral den silbernen Säbel nahm, der eigens für diesen Tag geschmiedet worden war. Man musste ihm lassen, dass er sich auf stilvolle Auftritte verstand. Er trug Blassblau an diesem Tag, eine Farbe, die wunderbar mit seinem langen, blonden Haar harmonierte. Leylin war in Grün gekleidet. Die beiden gaben ein hübsches Paar ab. Und Shandral hatte sich zusammengerissen. Nirgends auf der Festtafel waren abgeschnittene Koboldhände zu entdecken.

Die Torte war nach Koboldmaßstäben groß wie ein Haus. Er hob den Säbel hoch über den Kopf, um sie mit einem schwungvollen Streich anzuschneiden. Ich nagte vor Ungeduld an meiner Lippe.

Kaum dass die Klinge in der Torte versank, gab diese einen Laut von sich, der an einen Hornschildechsenfurz erinnerte. Unsäglicher Gestank verbreitete sich, während das Zuckergebäck scheinbar zum Leben erwachte. Wie ein wütender Vulkan schleuderte es Sahne in den Festsaal und dazu Flugblätter. Es war das neueste Pamphlet Elijas, ein Traktat wider die Völlerei und Trunksucht. Auf den ersten, flüchtigen Blick war es ein wohlmeinender Rat, wie ein gesittetes Leben zu führen sei. Aber man musste nicht sehr scharfsichtig sein, um hinter den Worten eine Attacke gegen die Fürstenhöfe der Elfen zu erkennen. Gerade hier, inmitten der prunkvollen Festgesellschaft, wurde besonders deutlich, was wirklich gemeint war. Wie die Elfen sich hemmungslos an den Koboldvölkern bereicherten und ihren Reichtum in einer Art und Weise verprassten, wie niemand von klarem Verstand es gutheißen konnte. Warum musste am Ende eines Festes wie diesem mehr Essen an die Schweine verfüttert werden, als ein Kobolddorf in einem Jahr zum Überleben benötigt hätte? Und warum gab man es lieber den Schweinen als den Dienern, die es zubereitet hatten?

Wäre ein ausgewachsener Drache aus der Torte gestiegen, hätte es kein größeres Geschrei gegeben. Alle im Saal waren mit Sahne besudelt. Flugblätter segelten durch die Luft.

Nur Alathaia war wie durch ein Wunder noch immer makellos.

Die besseren Elfenkleider ließen die Sahnespritzer in wenigen Augenblicken abperlen. Ich wusste ja um die Magie, die in sie eingewoben war. Allerdings hatte niemand daran gedacht, magische Frisuren zu ersinnen. Dort hatte mein kleiner Streich den schlimmsten Schaden angerichtet.

Ich zog mich zurück und verließ eilends den Palast.

Shandral war entschlossen, seine Ehre mit ebenso viel Blut reinzuwaschen, wie Sahne in seine Festgesellschaft gespritzt war. Binnen einer Stunde waren seine Häscher auf allen Straßen. Ich musste mich vorübergehend sogar in einen Hund verwandeln, um zu entkommen.

Nach zwei Tagen erreichte ich den Albenstern, den ich als meinen Fluchtpunkt ausgewählt hatte. Ich wollte mich für ein paar Wochen in den Eiswüsten Carandamons verbergen und die Kobolde besuchen, die dort in den Höhlengärten lebten.

Ich trat durch das magische Tor und suchte den verschlungenen Weg, der mich zu meinem Ziel führen sollte. Als ich in eine wunderbar ausgeleuchtete Tropfsteinhöhle trat, legte sich eine Hand schwer auf mein Nackenfell.

»Du hast dich verändert, Ganda«, sagte eine wohlvertraute Stimme. »Du hast ja gar keine Flöhe mehr.«

Ich versuchte, durch das Tor zurück ins goldene Netz zu gelangen, doch die Hand hielt mich eisern gepackt. Ich wurde hochgehoben.

»Du stinkst auch nicht mehr nach totem Fisch«, brachte ich noch hervor, als ich mit dem Kopf voran in einen Sack gesteckt wurde.

Die Burg ohne Namen

Es war Alvias, dem ich in die Arme gelaufen war. Emerelle musste in ihrer Silberschale gesehen haben, wo ich erscheinen würde – so reimte ich es mir zusammen. Was sie von mir wollte, war weniger schwer zu erraten. Eigentlich gab es nur zwei Möglichkeiten: Entweder würde sie mich hinrichten lassen, oder sie würde mich benutzen, um Elija zu erpressen, damit er sich stellte. Ich wusste, wie er sich entscheiden würde, wenn er zwischen mir und seiner Revolte wählen müsste. Aber Emerelle hatte da vielleicht romantischere Vorstellungen.

Alvias hatte mich diesmal mit dem Kopf voran in den Sack gesteckt. So sah ich nicht, wie wir reisten. Ich spürte, wie er über die Albenpfade ging. Er machte es ziemlich gut für einen Hausdiener. Dann legte er mich auf einen steinernen Boden. Ich hörte das Rauschen von Wasser und sich entfernende Schritte.

Ich versuchte mich aus dem Sack zu befreien. Der Stoff war fest, mit den Fingernägeln war da nichts zu machen. Endlich wurde der Strick geöffnet. Ich hatte niemanden kommen hören. Ich zögerte ein wenig. Dann streifte ich den Sack über den Kopf. Neben mir kniete Emerelle. Ihre Miene verriet nicht, was mich erwartete. Sie trug ein atemberaubend schönes, silbergraues Kleid.

Ich befand mich in ihrem Thronsaal. Wir beide waren dort ganz allein. Ich lag inmitten des Schlangenmosaiks, durch das mich Gromjan in ein neues Leben geführt hatte.

»Du bist groß geworden«, sagte sie freundlich.

Sie hatte sich überhaupt nicht verändert in all den Jahren. Das war das Unheimliche an den Elfen. Für sie schien die Zeit stillzustehen. Sie blieben immer jung, in vollem Saft, während unsereins krumm und grau wurde. Auch darüber sollte Elija einmal ein Pamphlet schreiben, dachte ich in diesem Augenblick. Ihre Unsterblichkeit verhöhnte alle anderen Völker!

Natürlich sind solche Gedanken der blanke Unsinn. Aber sie gingen mir eben durch den Kopf, nachdem ich aufs Neue in Emerelles namenlose Burg geschleift worden war. Ja, es ist wahr! Die Elfen hatten für ihre wunderschöne Burg inmitten des Herzlandes noch immer keinen Namen ersonnen, obwohl sie schon seit Jahrhunderten stand. Der Name sollte vollkommen sein … Sie waren so arrogant mit ihrem Streben nach Vollkommenheit!

»Willst du mich beim nächsten Fest der Lichter deinem Adel überlassen?«, fragte ich geradeheraus. Es dauerte nicht mehr lange bis zur nächsten Königswahl, und ich wusste, dass es vor allem in Arkadien Widerstand gegen Emerelles Herrschaft gab.

»Wenn ich es nötig hätte, mir ihre Gunst zu erkaufen, sollte ich besser nicht mehr Königin sein«, entgegnete sie ruhig und ohne auf meine zänkische Art einzugehen.

»Warum bin ich hier? Ich werde dir nicht verraten, wo Elija ist!«

»Er ist im verbrannten Land in einem verborgenen Tal. Dort ist er mit all den Kobolden, die er von Shandrals Hof mitgenommen hat, in einer weitläufigen Höhle untergekommen. Es ist kein guter Ort. Ich sah, wie sie den Hang zur Höhle hinaufstiegen. Die Höhle selbst verschließt sich vor dem Blick der Silberschale. Ich war einmal dort, vor vielen Jahrhunderten. Ich weiß, wozu diese Höhlen erschaffen wurden. Ihr solltet euch ein anderes Versteck suchen. Dort brütet Unheil. Kein Elf würde freiwillig dahin gehen.«

Es wäre gelogen, wenn ich behaupten würde, dass diese Worte ihre Wirkung bei mir verfehlt hätten. Ich wusste, dass Elija ins verbrannte Land gegangen war. Wir hatten die Höhle während der Jahre in der Steinwüste entdeckt. Es gab noch einige ähnliche, doch diese war die größte. Magie hatte dort keine Macht. Das hatten auch wir schon herausgefunden.

»Ich möchte mich für die Art entschuldigen, auf die Alvias dich hierher brachte. Es war notwendig. Wenn er dich nicht geholt hätte, dann würdest du sehr bald sterben.«

Sie sprach über meinen Tod mit einer Selbstverständlichkeit, als erzähle sie von etwas, das eigentlich schon geschehen war. Beklommen blickte ich zu der Silberschale auf der niedrigen Säule neben ihrem Thron.

»Ich habe dein Leben mit großer Aufmerksamkeit verfolgt. Der Tod ist dir sehr nahe. Du solltest an meinem Hof bleiben und eine andere Gestalt annehmen. Hier bist du in Sicherheit, denn hier wird deine Feindin nicht nach dir suchen.«

»Es ist Alathaia, nicht wahr?«, fragte ich kleinlaut.

»Ja. Sie schickte den Mörder deiner Mutter. Sie ließ deinen Vater hinrichten. Sie war oben auf dem Turm, den du mit Bollo bestiegen hast. Und sie schickte die Kentauren, nachdem Shandral auf dich aufmerksam geworden war. Dein rotes Kleid hat dich verraten. Er ließ bei meinen Hofschneiderinnen nachfragen, für wen es gefertigt worden sei. Es heißt, Shandral sei ein Schüler Alathaias. Beweisen kann ich es nicht.«

»Du weißt das alles und unternimmst nichts? Sie lässt Untertanen von dir ermorden! Zählt das Leben von Lutin denn gar nichts für euch Elfen?«

»Wärest du hier, wenn es sich so verhielte?« Sie gab sich nicht die Mühe, ihre Enttäuschung gänzlich zu verbergen. »Ich kann nichts gegen sie unternehmen. Noch nicht. In wenigen Jahren werde ich ihre Hilfe brauchen.«

»Aber warum will sie meinen Tod? Was habe ich ihr je getan?«

»Dein Vater und deine Mutter waren in meinem Auftrag in Langollion. Sie waren Spitzel. Sie müssen etwas herausgefunden haben. Ich wollte die beiden beschützen ... Nachdem dein Vater ermordet wurde, machte Sesha viele kurze Zeitsprünge bei ihren Reisen durch das goldene Netz. Sie versuchte verzweifelt, Alathaias Häscher abzuschütteln. Ich habe sie dabei verloren. Nur dich konnte ich noch finden. Es tut mir leid.«

Was sie sagte, passte zu dem, was ich mir inzwischen selbst zusammengereimt hatte. Und etwas hatte ich der Königin voraus. Ich wusste, dass meine Mutter etwas mitgenommen hatte. Es war in dem kleinen Holzkästchen gewesen, das sie in ihrer Tasche dicht bei sich getragen hatte. Hatte sie es mir jemals gezeigt? Ich erinnerte mich nicht. Aber Alathaia befürchtete das wohl.

»Wirst du hierbleiben?«, fragte mich Emerelle.

»Bin ich deine Gefangene?«

Sie seufzte. »Komm mit mir, Ganda.« Sie trat zur Silberschale. Dort ließ sie die flache Hand dicht über dem Wasser kreisen. Dann murmelte sie ein Wort der Macht. Ich spitzte die Ohren, aber ich konnte es nicht richtig verstehen.

»Komm«, sagte sie noch einmal.

Ich hätte meiner Neugier nicht nachgeben sollen. Ich wusste ja, was es mit der Silberschale auf sich hatte. Und doch vermochte ich der Verlockung nicht zu widerstehen. Ich stellte mich neben Emerelle, blickte in das Wasser hinab und sah mich in einem Wald. Ich war allein. Ich wirkte gehetzt. Immer wieder sah ich über meine Schulter. Und dann war er über mir. Der Reiter. Ich versuchte mich wegzuducken. Aber er war viel zu schnell. Zu geschickt. Es musste ein Elf sein. Ein Schwert sauste nieder. Und ich sah mein abgetrenntes Haupt in weitem Bogen durch die Luft fliegen.

Meine Beine gaben unter mir nach. Ich sah noch einen Krieger in geschwärzter Rüstung. Es war derselbe, der auch den Angriff der Kentauren angeführt hatte.

»Ich hätte dir das gern erspart«, sagte die Königin kühl. »Aber ich weiß nur zu gut um deine Unvernunft. Dies wird dein Schicksal sein, wenn du gehst, bevor ich dich entlasse. Bleibe auf dieser Burg. Bewege dich nicht weiter als eine Meile fort. Verbirg deine wahre Gestalt. Dann wirst du leben. Ich habe dich auch andere Tode sterben sehen. Dies war der schnellste.«

»Was willst du von mir?« Ich war noch jung, aber ich kannte die Elfen inzwischen gut genug, um zu wissen, dass jeder Gefallen seinen Preis hatte.

»Es wird ein Tag kommen, an dem ich dich gemeinsam mit meinem treuesten Ritter auf eine Reise schicken werde. Ihr werdet einem Feind begegnen, zu dem Alathaia im Vergleich ein Nichts ist. Ich kann ihn nicht erkennen. Er hat die Macht, sich vor mir zu verbergen. Alathaia vermag dies nur im Rosenturm. Er aber bleibt überall unsichtbar. Nur mit dir kann mein Ritter überleben. Und du nur mit ihm!«

»Und ich bin nicht deine Gefangene?«, fragte ich noch einmal misstrauisch.

Sie deutete auf die Silberschale. »Du bist Gefangene deines Schicksals. Ich kann es nicht abwenden. Nur verzögern.«

Das war noch etwas, das ich ebenso wenig hatte wissen wollen wie die Tatsache, dass ein Reiter mich in einem Wald enthaupten wollte.

Ich blieb. Aber schon bald kamen mir Zweifel, ob ich nicht doch auf eine List der Königin hereingefallen war. Vielleicht war das Bild im Wasser ja kein Blick in die Zukunft, sondern nur eine Illusion, die sie heraufbeschworen hatte, um mich zu ängstigen?

Ich nahm fürs Erste die Gestalt einer jungen Elfe an. Während sich die Kobolde dort die Finger wund schuften, ist Emerelles Burg für Elfen ein sehr kurzweiliger Ort. Wie als Kind gehörte ich zu ihrem engsten Kreis. Doch diesmal war ich keine Ausgestoßene. Ich gehörte dazu. Niemand hinterfragte meine Herkunft. Ich war eben eine Elfe!

Ich besaß schöne Kleider, Schmuck, ein wunderbares Gemach. Und ich fühlte mich zutiefst als Verräterin an meinem Volk.

Es war zu der Zeit, da Emerelle sich auf das Fest der Lichter vorbereitete, als mich eines Mittags jemand mit meinem richtigen Namen ansprach.

Herbst der Liebe

Ich hatte geglaubt, allein in meinem Zimmer zu sein. In drei Wochen würde Emerelle zum Fest der Lichter aufbrechen. Und ich würde auf der verwaisten Burg zurückbleiben.

»Du bist Ganda.« Es war eine leise Stimme, kaum zu hören. Fast wie ein Wispern des Windes. Ich musste mich sehr beherrschen, um nicht erschrocken um Hilfe zu rufen.

»Ich bin hier. Neben dem Windröschen.«

Mein unerwünschter Gast kauerte auf der Fensterbank. Es war eine Blütenfee. Kaum so lang wie ein Elfenfinger, mit schillernden Schmetterlingsflügeln. Sie war nackt. Das sind sie meistens, selbst in Emerelles Burg.

»Ich heiße Belinwyn«, entgegnete ich höflich.

»Nein«, sagte die Blütenfee selbstsicher. »Ich erkenne dich an der Art, wie du dich bewegst. Mein Urgroßvater Mondauge hat so oft von dir erzählt, dass meine Großmutter schließlich ein Gedicht über dich geschrieben hat. Wir haben es aufgehoben, weil der Wind es nicht davontragen wollte. Es trifft dich sehr gut.«

»Wie heißt du?«, fragte ich, ohne auf das Gesagte einzugehen.

»Ich bin Mondblüte. Die einzige Enkelin Mondauges. Wir erzählen uns immer noch die Geschichte von der Elfe, die eigentlich eine Lutin war. Aber keine Angst, wir haben es nicht weitergesagt.«

Ich muss gestehen, ich habe kurz erwogen, sie wie eine lästige Motte zu erschlagen. Aber als sie erklärte, dass ihre ganze Familie um mich wusste, sah ich von der Bluttat ab. Das hätte alles nur noch schlimmer gemacht.

»Du träumst nachts schlecht. Manchmal murmelst du etwas von Händen. Und von einem schwarzen Reiter.«

»Du bist nachts in meinem Zimmer?«

»Nur wenn ich nicht schlafen kann. Du schnarchst auch. Damit hat es angefangen. Du bist die erste schnarchende Elfe, die mir je begegnet ist. Das hat mich so verwundert, dass ich dich lange beobachtet habe. Und dann habe ich begriffen, dass du nur Ganda sein kannst.«

»Du hast viel Einbildungskraft, Mondblüte, aber ich muss dich enttäuschen. Ich bin Belinwyn. Ich komme aus Carandamon.«

Sie schüttelte den Kopf und lächelte gewinnend. »Vor mir brauchst du dich nicht zu verstecken. Das Gedicht hat dich entlarvt. Du kannst mir vertrauen, ich werde es nicht weitererzählen. Ich weiß es schon seit drei Tagen und habe es noch niemandem gesagt. Nicht einmal meinen Eltern.«

Mondblüte kam von der Fensterbank herübergeflogen und ließ sich auf meiner Schulter nieder. »Für eine Lutin, die eine junge Elfe spielt, siehst du recht hübsch aus. Und du bist auch ziemlich groß.«

»Für eine Blütenfee, die offensichtlich völlig verrückt ist, kannst du ziemlich gut fliegen«, erwiderte ich ihr Kompliment.

Sie kicherte. »Du hast dich schon wieder verraten. Elfen sind sehr geistreich, aber nur selten witzig. Du solltest besser achtgeben. Sonst merken auch noch andere, wer du in Wirklichkeit bist.«

Dieser Einwand gab mir in der Tat zu denken. Mit meinem frechen Mundwerk hatte ich mir bei Hofe schon manchen verwunderten Blick eingehandelt. Ob sie mich wohl beraten konnte? Blütenfeen galten im Allgemeinen als leichtfertig, geschwätzig und naiv. Wenn ich mich mit ihr einließ, könnte ich mir auch gleich ein Schild mit meinem wahren Namen darauf umhängen.

»Dein Freund schreibt sehr aufwühlende Texte. Ihnen geht zwar jegliche Poesie ab, aber sie lassen das Herz wilder schlagen, und manchmal machen sie auch ein seltsames Gefühl im Bauch. Ich kenne einen Kobold, der ein paar Flugblätter von Elija besitzt.«

»Hier in der Burg?«, entfuhr es mir.

Sie stieß sich von meiner Schulter ab und tanzte grinsend vor mir in der Luft. »Ich sagte dir doch schon, dass ich Geheimnisse für mich behalten kann. Das gilt nicht nur für deine. Nun muss ich fort. Ich komme dich morgen wieder besuchen.«

Bevor ich etwas einwenden konnte, war sie zum Fenster hinausgeflogen. Die Begegnung bereitete mir eine schlaflose Nacht. Am nächsten Tag kam sie tatsächlich zurück. Ich leugnete natürlich weiterhin, Ganda zu sein, aber Mondblütes Gesellschaft machte mir Freude. Mit ihr war es leichter als mit den ganzen verdammten Elfen. Sie nahm mich mit hinaus in die Gärten und an den See. Sie stellte mich ihrer Familie vor und etlichen anderen Blütenfeen. Und sie hütete mein Geheimnis.

Nach einundzwanzig Tagen gestand ich ihr ein, dass sie sich nicht geirrt hatte. Es war der Tag, an dem Emerelle mit großem Gefolge nach Vahan Calyd zum Fest der Lichter reiste. Mondblütes Eltern gehörten zum Tross der Königin. Sie waren auserwählt, bei der Krönung an ihrer Seite zu sein und über die Schmetterlinge des Kleides der Augen zu wachen, das Emerelle an jenem Tag tragen würde.

Wer immer von Bedeutung war, reiste mit. Wir blieben zurück …

Anmerkung des Herausgebers

Das Buch, in dem Ganda ihre Lebensgeschichte niederschrieb, muss längere Zeit im Wasser gelegen haben. Obwohl die Lutin sich große Mühe gab, es zu schützen, gelang ihr dies nicht ganz. In ihrer Handschrift befindet sich an dieser Stelle eine größere Lücke. Die Tinte auf den Seiten, die auf die erste Begegnung mit Mondblüte folgen, ist zerlaufen, ja zum Teil sogar völlig vom Wasser ausgelöscht. Manchmal sind einzelne Worte und Satzfetzen geblieben. Sie erlauben sehr grob zu rekonstruieren, wovon der fehlende Text gehandelt haben mag. Ich vermag den Schreibstil Gandas mit all seinen Gedankensprüngen und überraschenden Bekenntnissen nicht nachzuahmen. Deshalb halte ich mich knapp.

Während Königin Emerelle wiedergewählt wurde und das Fest der Lichter feierte, kehrten die Trolle aus ihrer Verbannung in die Welt der Menschen zurück. Völlig überraschend griffen sie Vahan Calyd an, womit der dritte und blutigste Trollkrieg seinen Anfang nahm. Neben Tausenden anderen wurden auch Mondblütes Eltern getötet. Ein Brandgeschoss der Trolle verletzte Emerelle schwer. Eine kleine Schar Getreuer, zu der auch ich gehörte, brachte sie in die Welt der Menschen. Während Reilimee verbrannte und in der Snaiwamark blutige Schlachten geschlagen wurden, blieb das Herzland zunächst vom Krieg unberührt. Wie mir scheint, haben die Nachrichten vom bevorstehenden Untergang der Elfenherrschaft

Ganda nicht tief berührt. Sie trauerte mit ihrer Freundin um den Verlust von deren Eltern. In dieser Zeit etwa scheint Mondblüte den Gedichtzyklus begonnen zu haben, der auf Gandas Geschichte folgt. Ob sie der Lutin die einzelnen Blätter schenkte oder ob sie ihre lyrischen Schätze in einem Hort verwahrte, den Ganda später fand, bleibt ungewiss.

Das Herzland verlebte einen milden Winter. In einigen der Gärten, von denen die Burg umgeben ist, herrscht gar ewiger Frühling.

Mondblüte überwand ihren Schmerz um die verstorbenen Eltern und fand Sternleuchte, ihre große Liebe. Ganda scheint an all diesen Ereignissen regen Anteil gehabt zu haben. Mir scheint, die Liebe zwischen Mondblüte und Sternleuchte veränderte ihren Blick auf ihre Liebe zu Elija Glops. Deutlich spürte sie nun, wie viel an tiefem Gefühl in ihrer stürmischen Affäre fehlte.

Die Kämpfe zwischen Elfen und Trollen griffen auch in die Welt der Menschen über. Das Fjordland wurde verwüstet. Schließlich öffnete die Schamanin Skanga den Kriegern ihres Volkes einen Weg durch die Albenpfade, der sie in den Thronsaal von Emerelles Burg führen sollte. In jener Stunde war die Königin fast allein. Von ihrer Verwundung genesen, stellte sie sich dem Heer der Trolle und zerstörte schweren Herzens ein Stück der Schöpfung der Alben. Sie durchtrennte den Albenpfad, auf dem das Heer der Feinde anmarschierte, und Tausende Trolle fanden den Tod. Damit war die Gefahr der Invasion des Herzlandes für lange Jahre abgewehrt. Aber in das Goldene Netz war eine Lücke geschlagen, und so fanden einige Yingiz ihren Weg aus dem Nichts in unsere Welt. Sie waren wie Schatten. Und sie tranken von der Schönheit des Herzlandes. Die Blütenfeen und kleinen Vögel waren die Ersten, die es spürten. Sie waren verantwortlich für Mondblütes Fehlgeburt, und sie zerstörten ihre Lebensfreude, bis sie jenen verhängnisvollen letzten Schritt tat.

Auch Emerelle spürte das Übel, das in unsere Welt getreten war. Sie berief mich zu sich. Dies war der Tag, an dem ich Ganda zum ersten Mal begegnete. Die Lutin hatte es aufgegeben, sich hinter einem Zauber zu verbergen. Sie erschien in ihrer wahren Gestalt und trug ein rotes Kleid. Sie machte keinen Hehl daraus, dass sie mich nicht mochte. Und sie folgte Emerelles Befehl nur, weil sie Mondblütes Tod rächen wollte. Wir wurden in die Bibliothek Iskendrias geschickt, um ein Buch zu suchen, das einst von Meliander, Emerelles Bruder, verfasst worden war. Ein tödlicher Feind zwang uns zu überstürzter Flucht. Ganda wurde schwer verletzt und verlor eine Hand. Auf dem Weg über die Albenpfade machten wir einen Zeitsprung von vierzehn Jahren. Ich ließ Ganda in der Obhut des Heilers Breitnase zurück, der eine künstliche Hand für sie fertigte. Dass ich sie zurückließ, hat sie mir nicht verziehen, glaube ich. Auch nicht, dass ich behauptete, ich hätte Melianders Buch gefunden und gestohlen. Ich wusste, dass der Diebstahl von Texten aus der Bibliothek von Iskendria mit dem Tod bestraft wurde. So wurde ich ins nördliche Windland geschickt, um den Oberbefehl über ein Heer zu übernehmen, das viel zu klein war, um die wieder erstarkten Trolle aufzuhalten. Ganda hatte sich ihrem Klan angeschlossen, der offen auf Seiten der Trolle kämpfte. Ich wurde in der Schlacht schwer verletzt. Es war Ganda, die mich aufopferungsvoll pflegte, obwohl sie mir immer noch zürnte. Ich verdanke ihr mein Leben.

Während meiner Genesungszeit verlor ich mein Gedächtnis. Zuletzt drangen die Trolle bis an die Grenze des Herzlands vor. An der Shalyn Falah standen sich die gegnerischen Heere gegenüber, als der Himmel zerriss und die Yingiz in Scharen in unsere Welt traten. Es war dieser übermächtige Feind, der Skanga, Alathaia und Emerelle einen Bund schließen ließ. Mit Hilfe Kad-

lins, der Prinzessin des Fjordlands, bezwangen sie die Yingiz. Doch der Preis dafür war die Krone Albenmarks. So verlor Emerelle ihre Königswürde an den König der Trolle.

Als die Herrin versuchte, mir meine Erinnerung wiederzugeben, erweckte sie lediglich die Erinnerungen an den lange verstorbenen Falrach in mir. Mit ihm verließ sie das Herzland und begann eine lange Reise.

Der Traum des Elija Glops hatte sich erfüllt. Er gehörte zu den Beratern des Trollkönigs und begann das Leben der Kobolde Albenmarks tiefgreifend zu verändern. Ganda aber war in Burg Elfenlicht gestrandet, wie man Emerelles Residenz nun nannte. Sie hatte kein Interesse daran zu herrschen.

Ich bin kein Poet, ich bin ein Mann des Schwertes, und man möge mir meine karge Sprache verzeihen. Die letzten Ereignisse vernehmen wir nun wieder in Gandas Worten. Auch hier war der Text beschädigt, doch ich konnte ergänzen, was fehlte. Gandas Zeilen auf den abschließenden Seiten wirken fahrig, wie in größter Hast niedergeschrieben.

Elija hatte sich sehr verändert. Am Tag nach der Thronbesteigung Gilmaraks ließ er sich seltsame Schulterstücke mit goldenen Fransen auf seinen alten Ledermantel nähen. Der lang währende Kampf hatte ihn gezeichnet. Er war grau um die Schnauze geworden. In seinem Blick lagen Strenge und Entschlossenheit. Ständig redete er davon, dass die größte Schlacht noch zu schlagen sei. Er wollte all den ungesühnten Verbrechen der Elfen nachspüren und die Sklavenvölker der Kobolde Freiheit lehren.

Ich war zu müde, ihm auf diesem Weg zu folgen. Ich zog mich zurück und holte Mondblütes Blattgedichte aus dem

Versteck unter dem großen Stein bei der Fauneneiche. Zwei Wochen verbrachte ich damit, die Eichenblätter auf Papier zu kleben und zu übersetzen, so gut ich es vermochte. Ich wollte damit zum Schwarzen gehen, damit er sie als kleines Büchlein herausgab. Soweit ich weiß, war noch nie ein Band mit Blattgedichten gedruckt worden.

Mondblütes Geschichte weckte die Erinnerungen an meine eigene Kindheit. Ich dachte oft an meine Mutter. Und ich empfand tiefen Schmerz darüber, dass ich das Einzige verloren hatte, was mir von ihr geblieben war: die bestickte Tasche, die sie immer bei sich getragen hatte. Sie war hier auf Burg Elfenlicht zurückgeblieben, als Gromjan mich so überstürzt zu meinem Klan gebracht hatte.

Für gewöhnlich warfen die Elfen nichts fort. So begann ich mit der Suche nach der Tasche. Sicher hätte Alvias mir helfen können, aber er hatte mit allen anderen Elfen die Burg verlassen. Mit ihnen waren auch erstaunlich viele Kobolde gegangen. Und jene, die noch hier verblieben waren, waren nicht gut auf Lutin zu sprechen. Sie trauerten unverhohlen Emerelle nach, was gewiss auch daran lag, dass es zu einigen unschönen Zwischenfällen mit hungrigen Trollen gekommen war.

So war ich also wieder einmal auf mich allein gestellt. Ich durchstöberte Keller, Dachkammern und Lagerräume. Ich entdeckte verborgene Gewölbe und unermessliche Schätze. Nur das, was ich suchte, fand ich nicht. Zuletzt entschloss ich mich, jenen Ort aufzusuchen, an dem ich als Kind wunderbare Stunden verbracht hatte, bei meinem zweiten Aufenthalt auf Burg Elfenlicht aber nicht mehr willkommen war. Ich stieg hoch hinauf in den Turm, der den Thronsaal überragte. Dort unter dem Dach war Emerelles Schlafgemach. Hier hatte immer nur eine Handvoll engster Vertrauter Zutritt gehabt.

Ihr Schlafgemach duftete nach Vanille, Rosenöl und Pfirsichen. Ich wagte nichts anzurühren und sah mich aufmerksam um. Ich wusste, dass die Tasche nicht hier sein würde, wenn Emerelle sie behalten hatte. Gedankenverloren dachte ich an meine Kindheit zurück. Sie hatte mich neben sich auf ihrem Bett sitzen lassen und mir Geschichten erzählt.

Elija hatte einmal ein Pamphlet über das Falrach-Spiel verfasst, jenes Brettspiel, mit dem viele Elfen unzählige Stunden verbrachten, während andere für sie arbeiteten. Ein Absatz aus dieser Streitschrift kam mir wieder in den Sinn: *Ich traf Elfenfürsten, für die ist das Leben ein Falrach-Spiel. Wir, ihre Untertanen, sind nichts als Spielfiguren, die man nach Belieben auf dem Brett hin und her rückt oder sogar opfert, wenn man sich einen Vorteil damit verschafft.*

Gromjan hatte mir gesagt, dass Elfen nichts ohne Hintergedanken taten. Was war ich für Emerelle gewesen? Ein einsames Lutinkind ohne Mutter, das Wärme und Zuneigung brauchte? Oder eine Falrach-Figur in einem Spiel, das zu groß war, als dass ich es verstehen könnte?

Ich trat an den großen Ankleidespiegel gegenüber dem Bett. Emerelle hatte mir damals erklärt, es gebe nicht einmal fünf Albenkinder, die um sein Geheimnis wüssten. Ohne Mühe vermochte ich ihn zurückgleiten zu lassen und trat in die Kleiderkammer der Königin. Hierhin hatte sie sich zurückgezogen, wenn sie von niemandem gefunden werden wollte.

Als Kind war mir diese verborgene Kammer geradezu unglaublich erschienen. Und ich hatte das Gefühl gehabt, sie sei von unsichtbaren Geschöpfen bevölkert.

Es roch noch immer wie damals, nach Räucherwerk. Die Kleiderkammer folgte der Krümmung der Außenmauer des Turms. Auf Kleiderpuppen aus Weidenruten und Walbarten waren Emerelles intimste Schätze zu bewundern, die Kleider ihrer jahrhundertelangen Herrschaft. Am hintersten Ende sah ich jenes weiße Kleid, das sie auf dem Begräbnis Falrachs getragen hatte. Seitdem hatte sie es nicht mehr berührt. Seine Magie bewahrte es vor so banalen Dingen wie Motten, Spinnweben oder Staub. Es sah noch immer aus, als sei es gerade erst aus der Hofschneiderei gekommen. Es war schlicht, von weißer Seide und ganz ohne aufwändige Stickereien. Auf dem Tisch daneben lag eine Perlenkette, die Emerelle damals in ihr Haar geflochten hatte. Und neben der Kette lag die Tasche meiner Mutter. Unübersehbar, als sei sie dorthin gelegt, damit ich sie finden konnte.

Hatte sie diesen Augenblick in ihrer Silberschale gesehen? War ich nur eine Spielfigur? Diese Fragen stelle ich mir jetzt, da ich hören kann, wie sich kleine Steine aus der Geröllhalde lösen, die mich bisher beschützte. Nicht mehr lange, dann werden Alathaias Häscher in der Höhle stehen.

Ich fürchte, hätte ich diese Sorge schon damals in der verborgenen Kleiderkammer gehabt, nichts wäre anders gekommen. Die Tasche meiner Mutter sah ich nun mit anderen Augen. Ich erkannte die sieben verschiedenfarbigen Schlangen und die anderen geheimen Zeichen. Was einfach nur wie eine prächtige Stickerei aussah, war eine Wegbeschreibung. Der Weg führte ausschließlich über Albenpfade. Und er begann in Emerelles Thronsaal. Endlich würde ich erfahren, was meine Mutter getan hatte!

Ich sagte niemandem, wohin ich ging. Und das beruhigt mich. Alathaia wird jeden töten, der um ihr Geheimnis weiß, dessen bin ich mir nun ganz sicher.

Nie bin ich einen so langen Weg auf den Albenpfaden gegangen. Dutzende Male musste ich an einem niederen Stern die Richtung wechseln. Letztlich führte mich die Reise zu einem Splitter der zerbrochenen Welt. Ein großer Felsklotz in der ewigen Finsternis des Nichts. Es ist schwer, ganz ohne Anhaltspunkte zu schätzen, wie viel Zeit dort vergeht. War ich nur Stunden auf dem Fels? Oder länger als einen Tag?

Das einzig Bemerkenswerte war ein Ort, der von Magie durchdrungen war: ein altes Steinbild, es war leicht beschädigt. Und die Ewigkeit hatte den grauen Granit abgeschliffen. Vielleicht war es aus einer Zeit, bevor die Welt, deren Splitter durch das Nichts trieben, auseinanderbrach. Das Bildnis zeigte eine Kröte, die auf einem großen Ei kauerte. Die Skulptur ruhte auf einem breiten Sockel, der über und über mit merkwürdigen Schriftzeichen bedeckt war. Ich konnte sie nicht lesen, aber ich hatte das Gefühl, dass sie keiner einfachen linearen Ordnung folgten wie die Schriften meiner Welt. Die Zeichen erinnerten an Blitze oder Risse im Stein.

Hier war ich also gestrandet. Mein Weg führte nicht weiter. Immer wieder betrachtete ich die Muster, die meine Mutter auf ihre Tasche gestickt hatte. Sie führten nur bis hierher und keinen Schritt weiter. Jeden Zoll der Tasche untersuchte ich, auch den Trageriemen. Nichts.

Zuletzt stülpte ich das Futter nach außen. Es war einmal eingerissen und auf ungelenke Art geflickt worden. Meine Mutter musste aber eine gute Näherin gewesen sein, wie der Rest der Tasche bewies. Diese schludrige Arbeit passte nicht zu ihr. Und doch glaube ich, mich zu erinnern, ihr zugesehen zu haben, als sie das Futter ausbesserte.

Und dann begriff ich!

Steine, mein Schicksal

Ein Schlag lässt den Höhlenboden unter meinen Füßen erzittern. Mir ist kalt, und ich bin durstig. Ich habe zu lange nicht geschlafen. Licht fällt in die Höhle, in der ich mich verborgen habe, obwohl Emerelle mich vor ihr warnte. Fackellicht! Sie haben den Durchbruch geschafft. Ich ziehe mich weiter zurück, ganz ans Ende des schmalen Spalts im Höhlenboden. Hier können sie mich nicht sehen. Noch ist die Öffnung zu klein. Sie müssen ein paar große Felsen bewegen. Ich muss fertig werden. Sie sollen dieses Buch nicht erhalten.

Die ungeschickte Naht … Sie war die letzte Spur auf dem Weg, der das Geheimnis meiner Mutter gewesen war. Sie entsprach einem Schriftzeichen, das es nur ein einziges Mal auf dem Sockel der Krötenstatue gab. Als meine Finger darüber tasteten, leuchtete es auf. Ein Ruck durchlief das Standbild. Und dann schob sich der Sockel leise knirschend zur Seite, um den Blick auf eine Treppe freizugeben.

Die alten, ausgetretenen Stufen waren so hoch, dass es sogar Elfen schwerfallen musste, hier hinabzusteigen. Für mich jedenfalls war es eine elende Plackerei. Zuletzt fand ich mich in einer Höhle, deren Wände mit fast verblassten Schriftzeichen bedeckt waren. Ich spürte, dass zu meinen Füßen ein Albenstern lag. Er war anders als alle anderen, die ich je erkundet hatte. Von ihm führte nur ein einziger goldener Wegstrang durch das Nichts. Zögernd öffnete ich die magische Pforte.

So gelangte ich in eine weitere Höhle. Hier gab es keinen Ausgang. Man konnte nur durch den verborgenen Albenstern hierhergelangen. Das warme Licht von Barinsteinen vertrieb die Finsternis. Dunkle Erde bedeckte den Boden, und lebende Wurzelstränge rankten sich darüber.

In eine Wand waren eiserne Fesseln eingelassen. Der Ort hatte etwas Beklemmendes. Durch die feuchte Erde roch er wie ein Grab. In einigen Nischen entlang der Wände standen fettig glänzende, schwarze Kerzenstummel.

Dann entdeckte ich das Kästchen mit den Intarsien aus gelb gewordenen Pferdezähnen. Die Stimme meiner Mutter klang in meiner Erinnerung wieder. Sie hatte mir verboten, dieses Kästchen zu öffnen. Ich habe immer auf sie gehört. Ich hatte ja niemanden außer ihr …

Alathaia wollte mich also für etwas töten, was ich gar nicht wusste!

Ich war unglaublich wütend. Und dann traf ich die dümmste Entscheidung meines Lebens. Ich ging zum Kästchen und öffnete es. Von da an überschlugen sich die Ereignisse. Kaum dass ich es tat, erwachten die Wurzelstränge an den Wänden zu unheimlichem Leben. Sie bewegten sich. Sie griffen nicht nach mir, aber sie gaben einen leisen, sirrenden Laut von sich.

Ich nahm das Kästchen und steckte es in die Tasche meiner Mutter. Wir Lutin sind ein Volk von Dieben und Lügnern. Es war ein Reflex, das Kästchen einzustecken. Ich konnte gar nicht anders! Ob es meinem Vater und meiner Mutter genauso ergangen war?

Ich kämpfte mich mit Klimmzügen die Treppenstufen hinauf und floh über die Albenpfade zurück zum Thronsaal. Es war einfach der Weg, den ich gekommen war. Aber ich wusste, dass ich hier nicht sicher wäre. Nicht, solange Emerelle vertrieben war. Skanga, die Trollschamanin und eigentliche Herrscherin hinter Gilmaraks Thron, würde mich lieber ausliefern, als sich Alathaia zur Feindin zu machen.

Also floh ich weiter. Ich wählte das verbrannte Land als mein Ziel. Dort gab es keine Albenpfade, und in der Höhle, die meinem Klan hin und wieder als heimliche Zuflucht diente, war es unmöglich, Magie zu wirken. Ich glaubte, hier würde ich sicher sein.

Mit wunden Füßen erreichte ich die Zuflucht. Alathaia kam nicht einmal einen Tag später hier an. Ich saß am Eingang der Höhle, als ich die Reiter in der Ferne sah. Und ich wusste, dass ich ihnen nicht mehr davonlaufen konnte. Sie würden mich in jedem Versteck hier im Tal aufspüren. Und der nächste Albenstern war mehr als fünfzig Meilen entfernt. Ich saß in der Falle.

Als wir zum ersten Mal zu dieser Höhle kamen, schichteten wir über dem Eingang Felsbrocken und Geröll auf. Das war Gromjans Einfall gewesen. Er hatte in der Höhle Vorräte angelegt. Sollte es ein Anzeichen für Feinde geben, wollten wir den Eingang verschütten, sodass man ihn nicht so leicht finden konnte. Ein ganzer Klan hätte die Kraft gehabt, sich nach ein paar Tagen wieder zu befreien. Mit einem Feind wie Alathaia hatten wir nicht gerechnet.

Ich war in Panik, als ich die Reiter sah. Ich löste den Steinschlag aus, ohne darüber nachzudenken, dass ich mich damit lebendig begrub, sollte Alathaia mich nicht finden.

Hätte ich den Deckel des Kästchens nicht öffnen sollen? Ich glaube, das hätte nichts geändert. Ich war von der Stunde an verflucht, in der meine Mutter die Hand danach ausstreckte. Allerdings hat mich sehr verwirrt, was ich darin sah. Drei einfache graue Steine, wie es sie im verbrannten Land zu Millionen gibt. So viel Blut und Leid für drei Steine! Ich kann es auch jetzt noch nicht fassen! Ein Märchen ist der letzte Strohhalm, an den ich mich klammere, um all den Morden einen Sinn zu geben.

Wir Lutin sind Diebe, das bestreite ich nicht. Natürlich kennen wir deshalb alle Geschichten über Schätze und alle Märchen, in denen es um Schätze geht. Wir erzählen sie uns, wenn wir abends an den Feuern aus Echsendung sitzen. Der kostbarste aller Schätze sind die Albensteine. Sie bergen unglaubliche magische Macht. Jedes der Völker, die von den Alben erschaffen wurden, erhielt nur einen einzigen. Viele der Steine gingen verloren, besonders im Drachenkrieg.

Fast genauso selten sind die Karfunkelsteine. Aber im Gegensatz zu den Albensteinen hat niemand, dem ich je begegnet bin, einen Karfunkelstein gesehen. In den Märchen heißt es, sie seien so unscheinbar wie die Steine am Wegrand. Wenn sie verloren gehen, dann kann man sie kaum wiederfinden, denn ihnen wohnt keine Magie inne, die einem der Völker Albenmarks vertraut wäre. Ein Karfunkelstein entsteht, wenn ein Drache stirbt. Sein Lebenswille, seine Essenz, alles, was ihn ausmacht, zieht sich zusammen. Und wenn er tot ist, dann findet man in seinem Herzen einen unscheinbaren Stein. Waren es Karfunkelsteine, die Alathaia gesammelt hatte? Wozu? Ich werde es nicht erfahren.

Ich höre das Knirschen von Brechstangen. Es ist vorüber. Das Einzige, was mich tröstet, ist der Gedanke daran, wie enttäuscht Alathaia sein wird, wenn sie das Kästchen öffnet. Die Steine sind nicht mehr darin. Sie sind auch nicht in der Höhle. Sie sind dort verborgen, wo Blätter, die der Wind nie davontrug, vom letzten Zeugnis einer alten Liebe behütet werden. Ich werde dieses Büchlein nun in Öltuch einwickeln, damit das Wasser ihm nichts anhaben kann. Ich hoffe, es wird aus diesem Berg hinausgespült werden und nicht für immer in einer finsteren Höhle begraben sein, so wie ich. Dann werde ich mein Häutermesser nehmen und mir die Zunge abschneiden. Von mir wird Alathaia nicht erfahren, wo ihr Schatz verborgen liegt.

MONDBLÜTES BLATTLYRIK

ERLÄUTERUNGEN ZUR HERAUSGABETECHNIK

Die Schriftzeichen von Mondblütes Blattlyrik sind folgendermaßen angeordnet: Ausgehend vom Blattgrund, werden rechts und links neben der Hauptader des Blatts je vier Zwischenräume, die von den Nebenadern gebildet werden, mit einem Wort oder mehreren kleinen Wörtern gefüllt. In vereinfachter Form kann man sich das etwa so vorstellen:

Die Schwierigkeit beim Zusammenstellen der Wörter und Wortgruppen zu einem Gedicht ergibt sich daraus, dass es keine festgelegte Reihenfolge gibt, in der sie nacheinander zu lesen sind. In den meisten Fällen empfiehlt es sich, am Blattgrund mit dem Lesen zu beginnen. Dann aber kann man mit oder gegen den Uhrzeigersinn die Wörter aneinanderreihen, sie paarweise von unten nach oben betrachten oder sie mäanderförmig durch das Blatt fließen lassen. Schon auf diese Weise ergeben sich zwölf unterschiedliche Reihenfolgen, wobei mir zweifelhaft erscheint, dass nur eine Lesart als die richtige anzusehen ist. Erschwerend kommt hinzu, dass die Originale weder Groß- und Kleinschreibung noch Zeichensetzung verwenden.

Das Prinzip kann am Beispiel des ersten Gedichts demonstriert werden. Im vorliegenden Fall liegt dabei der glückliche Umstand vor, dass es sich hier bekanntermaßen um das Auftaktgedicht handelt, sozusagen um die Initiation Mondblütes in ihre lyrischen Fähigkeiten, die in beinahe hundert kleinen Liedern von ihrem Leben zeugen. Die gewohnten Formen der Groß- und Kleinschreibung sowie der Zeichensetzung werden hier verwendet, um es auch dem interessierten Laien zu ermöglichen, einen Eindruck von der Kraft und Schönheit dieser Lyrik zu gewinnen.

Die einzelnen Wörter und Wörtergruppen sind nummeriert, um den Beispielen besser folgen zu können. Dabei geben die Ziffern keine Reihenfolge oder Struktur auf den Blättern vor, sondern dienen allein zur Veranschaulichung. Anschließend werden zwölf Kombinationen vorgestellt, die geometrischen Mustern folgen:

1 Tau ist 2 Spiegel 3 deiner 4 Flügel
5 tausend 6 Farben 7 wispernd 8 warben

1 2 3 4 5 6 7 8	Tau ist Spiegel deiner Flügel tausend Farben wispernd warben	1 4 5 8 7 6 3 2	Tau ist Flügel tausend warben wispernd Farben deiner Spiegel
2 1 4 3 6 5 8 7	Spiegel ist Tau Flügel deiner Farben tausend warben wispernd	2 3 6 7 8 5 4 1	Spiegel deiner Farben wispernd warben tausend Flügel ist Tau
1 3 5 7 8 6 4 2	Tau ist deiner tausend wispernd warben Farben Flügel Spiegel	1 2 4 3 5 6 8 7	Tau ist Spiegel Flügel deiner tausend Farben warben wispernd
1 3 5 7 2 4 6 8	Tau ist deiner tausend wispernd Spiegel Flügel Farben warben	2 1 3 4 6 5 7 8	Spiegel ist Tau deiner Flügel Farben tausend wispernd warben
2 4 6 8 7 5 3 1	Spiegel Flügel Farben warben wispernd tausend deiner ist Tau	1 2 3 6 8 7 5 4	Tau ist Spiegel deiner Farben warben wispernd tausend Flügel
2 4 8 6 1 3 5 7	Spiegel Flügel warben Farben Tau ist deiner tausend wispernd	2 1 4 5 8 7 6 3	Spiegel ist Tau Flügel tausend warben wispernd Farben deiner

Fügt man die Varianten zu kurzen Gedichten zusammen, so ergeben sich außer der Grundform durchaus noch andere denkbare Varianten:

I

Tau ist Spiegel
deiner Flügel;
tausend Farben
wispernd warben.

II

Spiegel ist Tau,
Flügel deiner Farben,
tausend warben wispernd.

III

Tau ist deiner tausend,
wispernd warben Farben Flügelspiegel.

IV

Tau ist deiner tausend,
wispernd Spiegelflügel
Farben warben.

V

Spiegelflügelfarben
warben wispernd:
»Tausend deiner ist Tau.«

VI

Spiegelflügel warben Farben,
Tau ist deiner tausend wispernd.

VII

Tau ist Flügel.
Tausend warben wispernd
Farben deiner Spiegel.

VIII

»Spiegel deiner Farben,«
wispernd warben tausend:
»Flügel ist Tau.«

IX

Tau ist Spiegelflügel deiner,
tausend Farben warben
wispernd.

X

»Spiegel ist Tau
deiner Flügelfarben,«
tausend wispernd
warben.

XI

Tau ist Spiegel
deiner Farben,
warben wispernd
tausend Flügel.

XII

Spiegel ist Tauflügel,
tausend warben
wispernd
Farben deiner.

Es ist schwer zu entscheiden, ob überhaupt Varianten beabsichtigt sind; wenigstens die eine oder andere wäre durchaus zu erwägen. Darüber hinaus ist zu bedenken, dass sich unserem Verständnis womöglich nicht erschließt, was für Auenfeen durchaus eine kommunizierbare Botschaft war. Es bleibt also in Betracht zu ziehen, dass manche Gedichtversion einen für uns entsunkenen Sinn enthält.

Die Herausgabe der Gedichte geht durch Groß- und Kleinschreibung sowie Interpunktion durchaus interpretierend vor, überlässt es aber dem Leser, möglichen Varianten nachzuspüren, indem die einzelnen Zeichengruppen im Druckbild so voneinander abgesetzt sind, dass unschwer andere Fügungen ermöglicht werden. Außer der favorisierten Lesart werden im Folgenden stets noch zwei Varianten angeboten. Nur an wenigen Stellen ist unsicher, ob einzelne Zeichen dem Verfall zum Opfer gefallen sind. Mit behutsamer Zurückhaltung sind in solchen Fällen Ergänzungen in eckigen Klammern hinzugefügt worden.

Die Formgestaltung der Gedichte scheint trotz aller Kürze äußerst variabel zu sein. Neben Endreimen finden sich Binnenreime, immer wieder Alliterationen und selbst freie Rhythmen. Übertragen in die unserem Auge gewohnte Form lesen sich manche Gedichte als zwei- oder auch dreizeilig, die meisten aber formen die vertraute Gestalt des Vierzeilers. Doch selbst fünf- und sechszeilige Lesarten mit sehr prägnanten Diktionen sind durchaus denkbar. Zeilensprünge oder Enjambements schaffen ungewohnte Sinnverbindungen. Schließlich vermitteln vielerlei Neologismen, also Wortschöpfungen, überraschende Bilder und Metaphern, und geben einen Eindruck vom Reichtum der Blütenfeenlyrik, die bisher keinem breiteren Publikum zugänglich gemacht werden konnte. Das lyrische Ich erfasst seine Welt in einer uns mikrokosmisch erscheinenden Perspektive.

Der glücklichen und bei der Blattlyrik von Blütenfeen wohl einmaligen Überlieferungslage ist es zu verdanken, dass die Gedichte in der Reihenfolge ihres Entstehens vorliegen. Aus der Kenntnis der Lebensumstände Mondblütes lässt sich auf Zäsuren schließen, die mit entsprechenden Kapitelüberschriften gekennzeichnet sind. Es mag sein, dass sich dahinter ein Ordnungssystem verbirgt. Zusammen mit dem Initiierungsgedicht, das Mondblüte von Sternleuchte geschenkt wurde, ergibt sich ein Abschnitt von fünf Gedichten, die von der Begegnung der beiden Blütenfeen erzählen. Es folgen Gedichte der Trauer um die verlorenen Eltern. Daran schließen sich sechs Gruppen von etwa gleich vielen Gedichten an, die das Entstehen, Erblühen und Vollenden von Mondblütes Liebe besingen. In der letzten, etwas größeren Gruppe wird die Trauer um Sternleuchte und Blütenstern zum Gegenstand. Das letzte Gedicht lässt ahnen, dass nicht nur Mondblütes Leben, sondern auch ihre Berufung als Lyrikerin »vor der Zeit« endet.

In der Thematik sind die Gedichte trotz aller Kürze auch als vielseitig zu betrachten. Es gibt viele rein lyrische Gedichte, die die Zeitlosigkeit des Augenblicks einfangen und ein Gefühlsspektrum von höchstem Glück bis zu tiefster Trauer umfassen, aber auch sehr verspielt und selbst erotisch sein können. Eine stattliche Anzahl von Gedichten zeichnet sich durch erzählerische Elemente aus und markiert so den Verlauf der wenigen Monde aus dem Leben Mondblütes. Eine kleine Gruppe von Blattgedichten schließlich hat fast aphoristischen Charakter, erinnert an Spruchdichtung.

Ob das lyrische Erbe Mondblütes typisch für Blütenfeenlyrik ist, dürfte schwer zu entscheiden sein. Sehr ungewöhnlich ist in jedem Fall, dass sie mit dem Schreiben ihrer Gedichte schon im Sommer begann, während ansonsten bekannt ist, dass Blütenfeen hauptsächlich zu der Zeit des Blätterfalls – des Herbstes – dichten. Danach aber setzt sie ihr poetisches Werk sogar noch bis zu den letzten Wintertagen fort. Verstehen wir es so, wie Mondblüte es in ihrem letzten Gedicht anklingen lässt: Sie hat ihr kurzes Leben sehr verdichtet gelebt und ein einmaliges Erbe hinterlassen.

In der Bibliothek zu Iskendria findet sich die umfangreichste Sammlung von Blütenfeengedichten. Seit vielen Jahren arbeitet der berühmte Lyrikforscher Gengalos an der Erhaltung der Texte, da die Blätter dem schnellen Verfall ausgeliefert sind. Gelegentlich beschäftigt er auch Gäste der Bibliothek mit der Sicherung der Gedichte. Gengalos hat sich ebenso der Frage gewidmet, an welche lyrischen Traditionen diese Gedichte anknüpfen könnten, oder ob sie doch eher als autarke poetische Erscheinung betrachtet werden müssen.

Vieles spricht für die letztere Möglichkeit. Bei lediglich einem Gedicht Mondblütes könnte ein Anklang an sehr alte Verse vermutet werden. Aus einer längst ausgestorbenen Sprache der Menschen stammen die folgenden Zeilen:

Habent omnes volucres nidos inceptos nisi ego et tu. Quid expectamus nunc.

Davon existiert eine alte Übersetzung eines Menschenvolks, das im Nordosten von Fargon lebt:

Hebban olla vogala nestas hagunnan hinase hic enda thu wat unbidan we nu.

Eine recht wörtliche Übersetzung wäre etwa:

Es haben alle Vögel Nester begonnen, nicht aber ich und du – was erwarten wir nun?

Sollte sich daran Gedicht 39 anlehnen?

Die Vögel / haben / schon / ihre Nester / gebaut, / wann / beginnen / du und ich?

Zwar lässt sich eine Entlehnung nicht ausschließen, aber zufällige Ähnlichkeit in der Bildsprache ist wohl wahrscheinlicher. Von abweichenden Einzelheiten abgesehen, liegt insbesondere die Vergleichsebene weit auseinander. Zwischen Vogelnestern und menschlichen Behausungen besteht ein ungleich größerer Abstand, als dies im Vergleich zu Auenfeen gilt. Dafür spricht auch, dass in einer Reihe von anderen Gedichten die winzigen Feen sich als durchaus wesensverwandt mit Schmetterlingen und kleinen Vögeln sehen.

Dieser eine Hinweis mag vorerst genügen, um die These als nicht unberechtigt erscheinen zu lassen, dass gelegentliche Anklänge an Vertrautes sich aus der Wahl der lyrischen Gattung mit ihren jahrhundertealten Traditionen und Konventionen selbst ergeben, ohne dass an der Einmaligkeit und Unverwechselbarkeit der Blattgedichte gezweifelt werden müsste, schon gar nicht an dem beachtlichen Zyklus, den Mondblüte hinterlassen hat.

MONDBLÜTES LYRISCHES LEBEN

mit handschriftlichen Anmerkungen von Ganda

Erweckung

1

»Tau ist Spiegel
deiner Flügel.«
Tausend Farben
wispernd warben.

Spiegel ist Tau,
deiner Flügel tausend
Farben
wispernd warben.

Tau ist deiner tausend
Farben
Spiegel,
warben wispernd Flügel.

*Mir hat nie jemand
ein Gedicht geschenkt!
Vielleicht war ich nicht
so liebens-würdig.*

Begegnung mit Sternleuchte

2

»Nenne deinen Namen,
fremder Feenmann!«
»Dir zu Dienst,
Blume der Blütenaue!«

»Feenmann, fremder,
deinen Namen nenne!«
»Der Blütenaue Blume,
Dir zu Dienst!«

»Blume der Blütenaue,
dir zu Dienst!«
»Fremder Feenmann,
nenne deinen Namen!«

3

»Sternleuchte hieß mich
Mutter Sonnenstrahl.«
»Erleuchte, Stern,
des Mondes Blüte!«

»Mutter Sonnenstrahl
hieß mich Sternleuchte.«
»Des Mondes Blüte
erleuchte, Stern!«

»Sonnenstrahlmutter
hieß mich Sternleuchte.«
»Des Mondes Blüte[n]stern
erleuchte!«

4

»Wie Schall und Hall
vergehen Namen,
[wo] Glut und Glanz
der Helden fehlen.«

»[Wo] Glut und Glanz
der Helden fehlen,
vergehen Namen
wie Schall und Hall.«

»Namen vergehen
wie Schall und Hall,
fehlen der Helden
Glanz und Glut.«

5

»Trauer trag ich
tagein, tagaus.
Warte eine Weile,
Glück braucht keine Eile.«

»Tagein, tagaus
trag ich
Trauer.
Glück braucht keine Eile,
warte eine Weile!«

»Glück braucht eine Weile,
Trauer trag ich
tagein, tagaus;
keine Eile, warte!«

*Trauer leben und auch
Glück vermag nur,
wer nicht in Silber-
schüsseln schaut.*

Tage der Trauer

6

Den lebenden Mantel,
tausende Schmetterlinge stark,
geleiteten Blütenfeen
zur Krönung von Albenmark.

Blütenfeen geleiteten
zur Krönung von Albenmark
den lebenden Mantel,
tausende Schmetterlinge stark.

Den lebenden Mantel
geleiteten Blütenfeen,
tausende Schmetterlinge stark,
zur Krönung von Albenmark.

7

Näher noch war nie
ein Volk der Alben
unnahbarer Emerelle,
heiß geliebt, heiß gehasst.

Ein Volk der Alben
näher noch war nie,
heiß geliebt,
unnahbarer Emerelle,
heiß gehasst.

Heiß geliebt war nie
unnahbarer noch näher
ein Volk der Alben
Emerelle,
heiß gehasst.

Dazu fällt mir noch ein:
Emerelle
unnahbar
heiß gehasst
war nie
heiß geliebt.
Leider passt der Rest dann nicht mehr.

8

Vahan Calyd,
kleine Gassen,
Jubelklänge   im Gedränge;
voller Strenge   wacht
der Elfen   Freundesmenge.

Der Elfen Freundesmenge
– kleine Gassen,
Jubelklänge im Gedränge,
Vahan Calyd –
wacht voller Strenge.

Vahan Calyd:
der Elfen Freundesmenge
wacht voller Strenge –
Jubelklänge
im Gedränge.

9

Leise mahnend,
Unheil ahnend,
hier die Hoffnung,
dort die Täuschung.

Leise mahnend:
hier die Hoffnung,
Unheil ahnend:
dort die Täuschung.

Unheil ahnend,
leise mahnend,
dort die Täuschung,
hier die Hoffnung.

10

Besorgte	Ruhe,
Sturmwind	droht.
Feuerzauber	hoch zum
Himmel	loht.

Besorgte Ruhe,
Sturmwind loht.
Feuerzauber hoch
zum Himmel droht.

Hoch zum Sturmwind
Himmel droht,
besorgte Ruhe,
Feuerzauber loht.

11

Feuerzauber geht,
Feuersturm entsteht
in brausende[r] Brunst,
Wellen der Verwüstung.

Feuersturm entsteht.
In brausende[n]
Brunstwellen
der Verwüstung
Feuerzauber geht.

Geht Feuerzauber,
entsteht Feuersturm,
Wellen der Verwüstung
in brausende[r] Brunst.

12

Der Freuden Feuer verschlingend,
lechzen Schlunde des Schreckens
nach allem Lebendigen.

Schlunde des Schreckens lechzen
nach allem Lebendigen,
der Freuden Feuer
verschlingend.

Nach allem Lebendigen lechzen
Schlunde des Schreckens,
verschlingend der Freuden
Feuer.

13

Feuer fingen
eure Schwingen.
In letztem Umarmen,
des Todes Erbarmen.

Feuer fingen
in letztem Umarmen
eure Schwingen,
des Todes Erbarmen.

In letztem Umarmen
Feuer fingen
eure Schwingen,
des Todes Erbarmen.

14

Vereint im Tode,
versunken in Staub,
von groben Füßen
zertreten, zermalmt.

Von groben Füßen zertreten,
versunken in Staub,
vereint im Tode,
zermalmt.

Versunken in Staub,
zermalmt,
von groben Füßen zertreten,
vereint im Tode.

*Den Preis für die
Eitelkeit der Elfen
zahlen immer die
anderen.*

15

Unverhofftes Ende,
ungeahnt allein,
wohin ihr, wohin ich,
wer weist welchen Weg?

Ungeahnt allein,
unverhofftes Ende,
wer weist welchen Weg,
wohin ihr, wohin ich?

Unverhofftes Ende,
wohin ihr, wohin ich?
Ungeahnt allein,
wer weist welchen Weg?

Neues Hoffen

16

Deine Stimme,
Sonnentau,
klang wie Gesang
in meinen Ohren,
viel verachtet,
welche Toren!

Deine Stimme klang
in meinen Ohren
wie Gesang,
Sonnentau,
viel verachtet, welche Toren!

Sonnentau,
viel verachtet, welche Toren!
Wie Gesang
klang
deine Stimme
in meinen Ohren.

Dein Freundschaftsname für mich, Sonnentau, hat mich immer eher an die fleischfressende Pflanze als an glitzernde Wasserperlen erinnert. Anfangs war ich verschreckt. Dachte, du meinst es ironisch. Dabei warst du zu Ironie nie fähig, wie ich nun weiß.

17

Schnell nur schreien
schrecklich Unwissende
unversöhnlich ihr Urteil
hinaus in die Welt.

Schnell nur
hinaus in die Welt schreien
unversöhnlich ihr Urteil
schrecklich Unwissende.

Ihr Urteil schreien
unversöhnlich schnell
nur schrecklich Unwissende
hinaus in die Welt.

18

Hundert Freunde
trösten nicht,
wo Trauer hundertfach
das Herz zerbricht.

Wo Trauer
hundertfach
das Herz zerbricht,
trösten hundert Freunde nicht.

Trösten nicht
hundert Freunde,
wo Trauer das Herz
hundertfach zerbricht?

19

Ich hob den Blick,
zu starren ohne Ziel
und fand in Augenspiegeln
Sonnenlichtes Spiel.

Zu starren ohne Ziel,
hob ich den Blick
und fand
Sonnenlichtes Spiel
in Augenspiegeln.

Ich hob,
zu starren ohne Ziel,
den Blick
und fand in Augenspiegeln
Sonnenlichtes Spiel.

20

Sehend schweigen,
verstehen,
schweigend sehen,
das bedarf der Worte nicht.

Verstehen,
das bedarf der Worte nicht,
schweigend sehen,
sehend schweigen.

Schweigend sehen,
verstehen,
das bedarf der Worte nicht,
sehend schweigen.

21

Wer stets nur sagt,
was man so sagt,
der hat meist
nichts zu sagen.

Wer stets so sagt,
was man nur sagt,
der hat meist zu sagen
nichts.

Wer stets
nichts zu sagen hat,
der meist nur sagt,
was man so sagt.

Eine erstaunliche
Erkenntnis für eine
schwatzhafte Blütenfee.

22

Verstehen ohne Worte,
verschließen ohne Schlüssel,
vergeben ohne Gaben,
verlieben ohne Zeit.

Ohne Worte verstehen,
ohne Schlüssel verschließen,
ohne Gaben vergeben,
ohne Zeit verlieben.

Ohne Zeit verschließen,
ohne Gaben verstehen,
ohne Schlüssel vergeben,
ohne Worte verlieben.

23

Sternleuchte, leuchte himmelan,
vertreibe Wolken,
mach zur Blüte blassen Mond.

Leuchte himmelan,
vertreibe Wolken,
Sternleuchte,
mach blassen Mond zur Blüte.

Vertreibe Wolken,
Sternleuchte,
mach blassen Mond zur Blüte,
leuchte himmelan.

24

Komm,
vergolde bleiches Gelb,
entfalte der Blüten Blätter zum Licht!

Bleiches Gelb vergolde,
komm,
entfalte zum Licht
der Blüten Blätter.

Der Blüten Blätter
bleiches Gelb vergolde,
entfalte zum Licht!
Komm!

*Mir fallen nie solche Worte ein.
Ich schaffe es nur, zynisch
zu sein. Ob ich je eine solche
Liebesgeschichte erleben werde?
Nicht mit Elija!*

25

Die Sonne seh ich wieder,
die weichen Wiesen,
die bunten Blumen,
Leben.

Die weichen Blumen,
die bunten Wiesen,
Leben,
die Sonne wieder
seh ich.

Leben!
Die bunten Blumen,
die weichen Wiesen,
die Sonne
seh ich wieder.

26

Mich hungert,
vom Schicksal geschunden,
nach Leben
mit dir,
der mich gefunden.

Nach Leben mit dir
hungert mich,
der mich gefunden,
vom Schicksal
geschunden.

Nach Leben mit dir,
der mich gefunden,
vom Schicksal
geschunden,
hungert mich.

27

Fliegen wieder,
hoch hinaus,
dann hernieder!
Trunken vom Duft
weißer Flieder!

Hoch hinaus,
dann hernieder
wieder,
trunken vom Duft
weißer Flieder fliegen!

Fliegen wieder,
trunken vom Duft
weißer Flieder,
hoch hinaus,
dann hernieder.

Für meine Nase ist blühender Flieder nicht so angenehm. Der überdeckt ja alle anderen Gerüche und kann Pfad-Finder ganz schön verwirren!

Von Nektar und Blütenstaub

28

Zu zweit im Reigen
himmelhoch steigen,
erste Flüge
junger Liebe.

Himmelhoch zu zweit
im Reigen steigen,
junger Liebe
erste Flüge.

Erste Flüge
junger Liebe,
zu zweit im Reigen
himmelhoch steigen.

*Meine erste Liebe begann
bei strömendem Regen.*

29

Tropfen Tau
träumend trinken,
kühl kosten
klaren Kuss.

Träumend
Tropfen Tau trinken,
klaren Kuss
kühl kosten.

Tropfen Tau trinken,
kühl kosten
klaren Kuss.
Träumend.

30

Honig
zärtlich zitternd
züngeln,
Zauber süßer Zungen Lust.

Zärtlich Honig
Zitternd züngeln,
süßer Zungen
Lustzauber.

Zärtlich Honig
zitternd züngeln,
süßer Zungenzauber.
Lust!

*Wenn ich Honig
suche, finde ich
nur Stacheln.*

31

Rote Rosenblüte,
Nektar,
perlenden Tau,
köstlichen Kuss kosten.

Nektar, perlenden Tau,
köstlichen Kuss
kosten,
rote Rosenblüte.

Perlenden Tau,
rote Rosenblüte,
köstlichen Nektarkuss
kosten.

32

Im cremefarbenen Tulpenkelch
klaffende Narbe
mit klebendem Blütenstaub
zärtlich bedeckt.

Im cremefarbenen
Tulpenkelch
klaffende Narbe
zärtlich bedeckt
mit klebendem Blütenstaub.

Klaffende Narbe
Im cremefarbenen
Tulpenkelch
zärtlich
mit klebendem Blütenstaub
bedeckt.

33

Begehrende Blicke,
lechzende Lippen,
fieberndes Fleisch,
lohende Liebe.

Lechzende Blicke,
begehrende Lippen,
lohende Liebe,
fieberndes Fleisch.

Lechzende Liebe,
begehrende Blicke,
lohende Lippen,
fieberndes Fleisch.

34

Träumend liegen
unter Schatten
spendender Schlehe.
Zeitloser Zauber.

Unter Schatten spendender
Schlehe
träumend liegen:
zeitloser Zauber.

Zeitloser Zauber:
unter Schatten spendender
Schlehe
träumend liegen.

35

Flaumweich[e] Feder kitzelt
Nasenspitze,
Auge blinzelnd
blickt zum Blätterdach.

Nasenspitze
kitzelt flaumweiche Feder,
Auge blinzelnd
blickt zum Blätterdach.

Flaumweich kitzelt
Feder Nasenspitze,
zum Blätterdach blickt
blinzelnd Auge.

36

Lustig
im Geäst hüpfende Meise,
schicktest du vielleicht
die Feder auf die Reise?

Im Geäst hüpfende Meise,
schicktest du
die Feder
lustig auf die Reise?
Vielleicht.

Vielleicht schicktest du,
im Geäst hüpfende Meise,
lustig die Feder auf die Reise?

37

Kleine Zweige im Schnabel,
ein neues
Nest zu schaffen
schöner Gefährtin.

Schöner Gefährtin
ein neues Nest zu schaffen,
im Schnabel kleine Zweige.

Im Schnabel kleine Zweige,
ein neues Nest zu schaffen
schöner Gefährtin.

*Ja, ja. Äste im
Schnabel. Schnäbeln
glaub ich euch.*

38

Schnäbelnd im Fluge
schwirren Meisen
durch grünendes Gezweig
in türkisen Himmel.

Im Fluge schnäbelnd
schwirren Meisen
in türkisen Himmel
durch grünendes Gezweig.

Meisen schwirren
durch grünendes Gezweig,
im Fluge schnäbelnd
in türkisen Himmel.

*Wird die Liebe
leichter, wenn man
fliegen kann?*

Sonnenstrahlenreiten

39

Die Vögel haben schon
Ihre Nester gebaut,
wann beginnen
du und ich?

Ihre Nester gebaut
haben die Vögel schon,
wann beginnen
du und ich?

Ihre Nester
haben die Vögel
schon gebaut.
Beginnen du und ich?
Wann?

*Na, das ist nun
wirklich keine
neue Metapher,
du Dichterin!*

40

Sonnenstrahlen schaffen Taukristalle,
blendende Blitze blinken
leuchtendes Licht.

Sonnenstrahlen schaffen
blendende Blitze,
Taukristalle blinken
leuchtendes Licht.

Leuchtendes Licht,
blendende Blitze
schaffen Sonnenstrahlen,
Taukristalle blinken.

41

Kurzes Feuerwerk,
Morgentau verfliegt.
Jeden Tag Wiederkehr,
die Sonne obsiegt.

Kurzes Morgentaufeuerwerk
verfliegt.
Die Sonne obsiegt
jeden Tag:
Wiederkehr.

Jeden Tag Wiederkehr:
Kurzes Feuerwerk,
Morgentau verfliegt,
die Sonne obsiegt.

42

Fliegen, schweben, gleiten.
Beschwingte Stunden
schwereloser
Himmel- fahrt.

Schwereloser Himmelfahrt
beschwingte Stunden:
fliegen, schweben, gleiten.

Beschwingte Stunden
schwereloser Fahrt.
Fliegen, schweben, gleiten!
Himmel!

43

Sonnenstrahlen
silbern brechen Bahnen
an Ginsters Grün,
reifen zu Regenbogen.

An Ginsters Grün
silbern brechen Bahnen.
Sonnenstrahlen
reifen zu Regenbogen.

Silbern brechen Bahnen
Sonnenstrahlen
an Ginsters Grün,
reifen zu Regenbogen.

*Ich verbringe zu viele
Tage an Emerelles
Hof. Wie ich die
Regenbogen über dem
Grasmeer vermisse!*

44

Sanften Schwunges
auf Zweige gleiten,
federnder Flieder,
schwingend zur Ruhe.

Auf Zweige gleiten,
sanften Schwunges
schwingend zur Ruhe,
federnder Flieder.

Gleiten auf Zweige,
sanften Schwunges,
federnder Flieder,
schwingend zur Ruhe.

45

Reiten auf Sonnenstrahlen,
allein, zu zweit,
nebeneinander, nacheinander,
selbstvergessen umfassend.

Selbstvergessen
reiten auf Sonnenstrahlen,
allein,
zu zweit,
nebeneinander,
nacheinander,
umfassend.

Allein
reiten auf Sonnenstrahlen,
zu zweit,
umfassend,
nebeneinander,
nacheinander,
selbstvergessen.

46

Nach kurzem Schwunge landen,
nacheinander,
nebeneinander,
umarmen[d],
eingetaucht im Ginsterblätterbett.

Nach kurzem Schwunge landen
im Ginsterblätterbett,
eingetaucht,
nacheinander, nebeneinander,
umarmend.

Eingetaucht
im Ginsterblätterbett
nacheinander landen,
nach kurzem Schwunge umarmen,
nebeneinander.

47

Liegen bleiben,
berühren,
verführerische Nähe spüren.
Wache[n], träume[n], vergehen.

Verführerische Nähe spüren,
liegen bleiben,
berühren,
wachen, träumen, vergehen.

Wache Träume vergehen,
liegen bleiben,
verführerische Nähe spüren,
berühren.

*Unmöglich bei
meinem Klan.
Dort ist man
nie allein.*

48

Unendliches Spiel
lachender Kinder,
Unendliche[r] Träume
ewiger Augenblick.

Ewiger Augenblick
unendlicher Träume,
lachender Kinder
unendliches Spiel.

Unendliche Träume,
lachender Kinder Spiel,
ewiger Augenblick,
Unendliches.

49

Zukunft heißt
Hoffen, Harren,
Freuen, Fürchten,
Lieben, Leben.

Heißt Zukunft
Hoffen, Harren,
Freuen, Fürchten,
Lieben, Leben?

Leben heißt
Hoffen, Harren,
Freuen, Fürchten,
Lieben,
Zukunft.

*Ist mein Leben
reich? Elija lehrt
mich, nur ein
Ziel zu haben.*

Himmelstänze

50

Gleißender Sonnenstrahl,
blendender Morgentau,
funkelnde Blitze
geschliffener Diamanten.

Blendender Sonnenstrahl,
gleißender Morgentau,
geschliffener Diamanten
funkelnde Blitze.

Geschliffener Diamanten
funkelnde Blitze,
blendender Morgentau,
gleißender Sonnenstrahl.

51

Morgensonnen-   strahlen
wecken   Tauperlen,
[der] Regenbogen   Farben
blendendes   Beginnen.

Blendendes Beginnen:
Morgensonnenstrahlen
wecken Tauperlen,
Regenbogenfarben.

Blendendes Beginnen,
Regenbogenfarben:
Morgensonnenstrahlen
wecken Tauperlen.

Ich glaub,
sie übertreibt
manchmal.

52

Mondblüte, Sternleuchte fliegen,
Tagesstern lässt
lichte Wolken leuchten.

Fliegen
Mondblüte, Sternleuchte,
lässt Tagesstern
lichte Wolken leuchten.

Lässt Sternleuchte
Mondblüte fliegen,
leuchten Tagesstern
lichte Wolken.

53

Fliegen:
Freude, Freiheit!
Grenzenlos
lässt Liebe
Leben werden.

Grenzenlos fliegen:
Freude, Freiheit!
Liebe lässt Leben
werden.

Fliegen:
grenzenlos Freude, Freiheit!
Leben lässt
Liebe werden.

Sie schafft es,
dass mir mein Leben
leer vorkommt.

54

Seligkeit
kennt keine Zeit.
Minuten werden Stunden,
Tage Monde.

Kennt Seligkeit
keine Zeit?
Werden Minuten Stunden,
Tage Monde?

Zeit
kennt keine Seligkeit:
Monde werden Tage,
Stunden Minuten.

55

Aug' in Auge himmelhin,
beide
Hände fassend
fliegend tanzen.

Himmelhin,
beide Hände fassend
fliegend tanzen,
Aug' in Auge.

Beide Hände fassend
himmelhin,
Aug' in Auge
fliegend tanzen.

56

Umarmend aufwärts strebend,
im lauen Luftstrom schwebend,
einander gebend.

Aufwärts strebend,
im lauen Luftstrom
einander schwebend
umarmend gebend.

Einander
umarmend gebend,
aufwärts strebend,
im lauen Luftstrom schwebend.

57

Trinken, Essen,
Müh'n vergessen.
Alles teilen,
sanft verweilen.

Müh'n vergessen,
Trinken, Essen,
sanft verweilen,
alles teilen.

Trinken, Essen,
alles teilen!
Müh'n vergessen,
sanft verweilen!

58

Sternleuchte:
lachend leuchtender Sonnenstern.
Mondblüte:
blühen[d] glühender Honigmond.

Sternleuchte, Mondblüte
blühen.
Glühender Honigmond,
lachend leuchtender
Sonnenstern.

Lachend leuchtender
Honigmond,
blühend glühender
Sonnenstern,
Sternleuchte,
Mondblüte.

59

Auf weichen Blütenkissen,
sich wortlos einig wissen,
du in mir, ich in dir,
versinken unter Küssen.

Auf weichen Blütenkissen
versinken,
sich wortlos einig wissen,
du in mir, ich in dir,
unter Küssen.

Sich wortlos einig wissen,
unter Küssen versinken
auf weichen Blütenkissen,
du in mir,
ich in dir.

60

Wonnen der Liebe,
Zauber des Lebens,
wie habe ich
ohne euch
leben können?

Zauber der Liebe,
Wonnen des Lebens,
wie habe ich
leben können
ohne euch?

Wie habe ich,
ohne euch,
Wonnen der Liebe,
Zauber des Lebens,
leben können?

61

Augenblicke des Glückes,
zeitlose Seligkeit.
Stunden des Leides,
Monde der Ewigkeit.

Zeitlose Seligkeit:
Augenblicke des Glückes.
Monde des Leides:
Stunden der Ewigkeit.

Monde der Ewigkeit:
Stunden des Leides.
Augenblicke des Glückes:
zeitlose Seligkeit.

Erwachen neuen Lebens

62

Aus Rosenblättern,
betörend duftend,
hast du
unser Nest gebaut
im Geäst des Ginsters.

Aus Rosenblättern,
hast du,
betörend duftend,
im Geäst des Ginsters
unser Nest gebaut.

Hast du
unser Nest gebaut,
aus Rosenblättern,
betörend duftend,
im Geäst des Ginsters?

63

Regentropfen fallen
auf unser Rosenblüten- blätterdach.
Wind wiegt sanft uns Schlummerlied.

Auf unser Rosenblütenblätterdach
fallen Regentropfen.
Sanft uns Wind wiegt
Schlummerlied.

Fallen Regentropfen
auf unser Rosenblütenblätterdach,
Wind wiegt sanft uns
Schlummerlied.

64

Wann sag ich dir,
dass unsrer Liebe
Frucht gedeiht,
heute noch oder morgen?

Heute noch oder morgen,
wann sag ich dir,
dass unsrer Liebe
Frucht gedeiht?

Wann,
heute noch oder morgen,
sag ich dir,
dass unsrer Liebe
Frucht gedeiht?

65

Du siehst mich so verändert an
mit deinen wunderblauen Augen,
ahnst du die Veränderung?

Ahnst du die Veränderung?
Du siehst
mit deinen wunderblauen Augen
mich so verändert an.

Du siehst
mich so verändert an.
Ahnst du
mit deinen wunderblauen Augen
die Veränderung?

*Du kannst dir wohl
nicht vorstellen,
wie dämlich Männer in
solchen Sachen sind.*

66

Unser beider Liebe Kind
wächst heran,
spürst du erste Spannung?

Wächst heran
unser beider Liebe Kind,
spürst du
erste Spannung.

Spürst du
erste Spannung?
Unser beider Liebe Kind
wächst heran.

67

Dankestrunken umschließt
Sternleuchte Mondblüte,
der Sorgen voll jedoch
der Augen Blick.

Sternleuchte umschließt
Mondblüte dankestrunken,
voll jedoch der Sorgen
der AugenBlick.

Sternleuchte umschließt
dankestrunken Mondblüte,
der Augen Blick jedoch
voll der Sorgen.

*Wenn sie dich in den Arm nehmen,
kannst du in dem Moment nicht
ihr Gesicht sehen. Bist du dir sicher,
dass er nicht erst mal blasser
wurde und dich dann wieder
ansah, als er sich gefasst hatte?*

68

Noch kann ich fliegen,
noch kann
ich mit dir zusammen
Blütennektar sammeln.

Noch kann ich fliegen,
noch kann zusammen
ich mit dir
Blütennektar sammeln.

Noch kann zusammen
ich mit dir
Blütennektar sammeln,
noch kann ich fliegen.

69

Freue dich,
erfreue mich:
wen’ge Wochen
wird’s nur währen.

Erfreue mich,
freue dich,
wen’ge Wochen
wird’s nur währen.

Nur wen’ge Wochen,
freue dich,
erfreue mich,
wird’s nur währen.

*Nur ein paar
Wochen schwanger?
Davon träumen andere!
Sogar Elfen.*

70

Befühle meinen Bauch:
kleine Stöße
werden kräft'ge Feenfüße.

Kräft'ge Feenfüße werden,
befühle meinen Bauch:
kleine Stöße.

Kleine Stöße,
befühle meinen Bauch,
werden
kräft'ge Feenfüße.

Kräftige Feenfüße!
Wie groß sollen die wohl sein?
Wie ausgewachsene Fliegen?
Ist das die Schwangerschaft oder
dichterische Freiheit?

71

Lass lauschen
dich an meinem Leib:
schon hörbar schlägt
ein zweites Herz.

Lauschen lass dich
an meinem Leib:
Ein zweites Herz
schon hörbar schlägt.

Ein zweites Herz
schlägt hörbar schon.
Lass lauschen
dich an meinem Leib!

Der wird nur deine
Gedärme grummeln hören.

72

Es muss das schönste Feenkind
auf Erden werden,
wer hätte je geliebt
wie wir!

Das schönste Feenkind
auf Erden
muss es werden,
wer hätte je geliebt
wie wir!

Es muss
– wer hätte je geliebt
wie wir! –
das schönste Feenkind
auf Erden
werden.

*Ja, ja.
Das sagen sie
immer alle.*

73

Unterm Rosenblüten-   blätterdach
umschlungen
träumen   wir vom
ersten   Sonnenflug   zu dritt.

Umschlungen
träumen wir
unterm Rosenblütenblätterdach
vom ersten Sonnenflug
zu dritt.

Vom ersten Sonnenflug
zu dritt
träumen wir,
umschlungen
unterm Rosenblütenblätterdach.

Ich bin gespannt,
wovon er träumt,
wenn das Kind erst
einmal da ist.

Kälte

74

Heimlich flogst hinweg
du doch,
welke Rosenblüten zu ersetzen,
verlohnt es noch?

Heimlich,
welke Rosenblüten zu ersetzen,
flogst hinweg du doch,
verlohnt es noch?

Welke Rosenblüten
heimlich zu ersetzen,
flogst hinweg du doch.
Verlohnt es noch?

75

Kälter wird's
vor der Zeit
in unsrer Auenblütenwelt.
Spürst du es auch?
Die Freude zerfällt.

Kälter wird's
in unsrer Auenblütenwelt.
Die Freude zerfällt
vor der Zeit.
Spürst du es auch?

Wird's kälter
vor der Zeit
in unsrer Auenblütenwelt,
zerfällt die Freude.
Du spürst es auch.

Hast du das nicht auch bemerkt,
Emerelle, große Königin?
Warum hast du nichts getan,
als noch Zeit war?

76

»Blüte,
in deinem Zustand
empfindest du anders,
verbleib
geschützt in unsrem Nest!«

»In deinem Zustand,
Blüte,
empfindest du anders.
Verbleib geschützt
in unsrem Nest!«

»Geschützt in unsrem Nest
verbleib, Blüte.
In deinem Zustand
empfindest du anders.«

77

Deiner Lippen
Leuchten starb.
Vergeht der Liebe
starke Farb'?

Starb
der Liebe starke Farb',
vergeht
deiner Lippen Leuchten.

Leuchten
deiner Lippen starb,
der Liebe starke Farb'
vergeht.

78

Köstlichen Honig reichst
wie früher ohne Zahl!
Dein Gesicht erstrahlt
ein letztes Mal.

Reichst
wie früher ohne Zahl
köstlichen Honig,
erstrahlt
ein letztes Mal
dein Gesicht.

Ein letztes Mal
reichst
– wie früher ohne Zahl –
köstlichen Honig,
erstrahlt
dein Gesicht.

79

Wohin vergangen
ist dein Lachen dir,
Liebster, ach,
so sag es mir!

Ach, vergangen
ist dein Lachen dir,
Liebster,
so sag es mir,
wohin?

Vergangen,
ach, wohin,
Liebster,
ist dein Lachen dir,
so sag es mir!

*Männer sagen nie
etwas, wenn sie ein
Problem haben.*

80

Deine schöne glatte Haut,
sie welkt dahin wie Apfelblüten-blätter.

Sie welkt dahin,
deine schöne glatte Haut,
wie Apfelblütenblätter.

Dahin wie Apfelblütenblätter
welkt sie,
deine schöne glatte Haut.

81

Schwerer wird dir's jeden Tag
hinauszufliegen in den Hag,
zu spähen
nach später Blüten Nektar.

Jeden Tag
wird dir's schwerer,
hinauszufliegen in den Hag,
nach später
Blüten Nektar
zu spähen.

Hinauszufliegen in den Hag
nach später
Blüten Nektar
zu spähen,
schwerer wird dir's
jeden Tag.

82

Kalt und kälter
wird's mit jeder Stunde,
Zeichen unheilvoller Kunde.

Zeichen unheilvoller Kunde:
Kalt und kälter
wird's mit jeder Stunde.

Kalt und kälter
– Zeichen unheilvoller Kunde –
wird's mit jeder Stunde.

Die Gedanken an den großen Aufstand der Kobolde haben mich blind gemacht. Du hast viel klarer gesehen, welche Gefahr Albenmark drohte.

83

Müde sinken
deine Lider,
kehrst von kurzem Flug
du wieder.

Kehrst
von kurzem Flug
du wieder,
sinken müde
deine Lider.

Müde,
kehrst
von kurzem
Flug du wieder,
sinken deine Lider.

84

Was tun,
was lassen,
wenn Kummer kommt,
Ängste dich fassen?

Was tun, wenn Kummer kommt,
Ängste dich fassen?
Was lassen?

Wenn Kummer kommt,
Ängste dich fassen,
was tun,
was lassen?

85

Gram   zeigt
dein Gesicht,   Grimm
greift   deine Seele,
wortlos   leidest du.

Zeigt Gram
dein Gesicht,
greift Grimm deine Seele,
leidest du wortlos.

Dein Gesicht
zeigt wortlos Gram.
Grimm greift deine Seele,
du leidest.

Trauer

86

Ich sah's,
es war dein letzter Flug,
mir war,
als würd' ich mit dir niedersinken.

Mir war,
als würd' ich mit dir niedersinken:
ich sah's,
es war dein letzter Flug.

Es war dein letzter Flug,
ich sah's.
Mir war,
als würd' ich mit dir niedersinken.

87

Dort im dürren Gras
starb Sternleuchte,
Sonnentau, Seelentau,
Blütenfeen- freundin.

Sternleuchte
starb
dort im dürren Gras,
Seelentau, Sonnentau,
Blütenfeenfreundin.

Dort im dürren Gras,
Sonnentau,
starb Sternleuchte,
Blütenfeenfreundin,
Seelentau.

88

Bette ihn
bei den Apfelbäumen dort!
Das war ihm stets
der liebste Ort.

Bei den Apfelbäumen,
dort bette ihn.
Das war
der liebste Ort
ihm stets.

Bette ihn,
das war ihm stets
der liebste Ort,
dort
bei den Apfelbäumen.

89

Dank deinem Freundes- dienst!
Von vielen Verachtete,
von uns Verehrte.

Von vielen Verachtete,
deinem Freundesdienst
Dank,
von uns Verehrte.

Dank,
von vielen Verachtete,
von uns Verehrte,
deinem Freundesdienst.

Deine Worte sind Balsam,
und doch wünschte ich, ich hätte
dir einen anderen Dienst
erweisen können als diesen.

90

Wo meine Kräfte schwinden,
machst du mir Mut,
du Feenfreundin,
die Kälte noch zu überwinden.

Mut mir machst du,
du Feenfreundin,
die Kälte noch zu überwinden,
wo meine Kräfte schwinden!

Du machst mir Mut,
du Feenfreundin,
wo meine Kräfte schwinden,
die Kälte noch zu überwinden.

91

Vollbringen will ich
meine letzte Tat,
einmal sehen noch
der Liebe Saat!

Meine letzte Tat
will ich vollbringen,
der Liebe Saat
einmal noch sehen.

Einmal sehen noch
der Liebe Saat,
will ich vollbringen
meine letzte Tat.

92

Nicht mehr lange,
halte durch,
deine Hände will ich halten,
vertraue mir!

Halte durch,
nicht mehr lange.
Deine Hände
will ich halten,
vertraue mir!

Deine Hände
will ich halten.
Vertraue mir,
halte durch!
Nicht mehr lange.

*Mich in deinen
Gedichten zu
finden, erfüllt
mich mit Stolz.*

93

Bewegung fühl ich,
spürbar wachsend,
Befreiung suchend,
wovon, wohin?

Fühl ich Bewegung,
spürbar wachsend?
Wovon, wohin
Befreiung suchend?

Befreiung suchend,
fühl ich spürbar wachsend
Bewegung.
Wovon, wohin?

94

Wie soll heißen
kleine Blütenfee,
welchen Namen
tragen ohne Weh?

Wie soll
ohne Weh
heißen
kleine Blütenfee,
welchen Namen tragen?

Wie soll heißen
kleine Blütenfee,
ohne Weh
welchen Namen
tragen?

95

Blütenstern heiße
zu gleichen Teilen,
was als Stern leuchtete,
als Mond blühte.

Was als Stern leuchtete,
als Mond blühte,
heiße zu gleichen Teilen
Blütenstern.

Blütenstern heiße,
was als Stern leuchtete,
als Mond blühte,
zu gleichen Teilen.

Ist es ein Geschenk
oder eine Bürde,
wenn man seinen
Namen mit Vater
und Mutter teilt?

96

Reich
in meine Arme,
an meine Brust
so gern,
einmal noch
Blütenstern.

Reich
so gern
einmal noch
in meine Arme,
an meine Brust,
Blütenstern!

Reich
einmal noch
in meine Arme,
an meine Brust
so gern,
Blütenstern.

97

Unsägliches
sagen deine Blicke,
ich seh sie auch,
die Seele ohne Hauch.

Deine Blicke sagen
Unsägliches.
Die Seele ohne Hauch,
ich seh sie auch.

Die Seele ohne Hauch,
ich seh sie auch.
Unsägliches
sagen deine Blicke.

98

Nah ist meine Stunde,
mein Licht verglüht.
Blütenstern,
Sternleuchte,
ich komme.

Meine Stunde ist nah,
Blütenstern,
Sternleuchte,
ich komme,
mein Licht verglüht.

Mein Licht verglüht,
Blütenstern,
nah ist meine Stunde,
Sternleuchte,
ich komme.

99

Mondblütes Tränenkelch
von Trauer und Leid,
von Glück und Freud'
verkostet vor der Zeit.

Tränenkelch Mondblütes
von Freud' und Trauer,
von Leid und Glück
vor der Zeit
verkostet.

Tränenkelch
von Glück und Leid,
von Trauer und Freud'
Mondblütes,
verkostet vor der Zeit.

Du ließest mich innehalten in meinem Zorn und öffnetest mir den Blick für die Schönheit Albenmarks. Vor der Zeit bist du gegangen, du gute Hälfte meines Herzens. Mein Leben wird kälter nun.

EIN WORT DANACH

Das Amt als Schwertmeister, als Feldherr der Elfen und ihrer Verbündeten im dritten Trollkrieg, geheime Missionen im Auftrage Emerelles … all das hatte ich in meinem Leben erreicht und war stolz darauf. Nachdem ich mich nun lange Zeit mit den Vermächtnissen von Ganda und Mondblüte beschäftigt habe, sehe ich Albenmark mit anderen Augen. Ich habe mich stets bemüht, die Welt gerechter und lebenswerter zu machen. Doch wie weit war meine Wirklichkeit entfernt von den Lebenswegen dieser kleinen Albenkinder. Wie eitel war es, das Maß der Elfen zum Maß aller zu erheben!

Wir Elfen haben eine Lebensspanne, die sich nach Jahrhunderten bemisst, und dazu die Aussicht auf Wiedergeburt. Das macht es unendlich viel leichter, mutig zu sein, ja sein Leben aufs Spiel zu setzen. Wem jedoch nur eine kurz bemessene Frist wie Ganda oder gar Mondblüte beschieden ist, lebt ein völlig anderes Leben als wir. Etwas aufzubauen, dessen Früchte erst spätere Generationen ernten werden, zeugt von einer Willenskraft und einem Idealismus, wie sie uns Elfen im Grunde nicht gegeben sind. Das sollte uns zur Bescheidenheit mahnen. Ich jedenfalls werde es mir zu Herzen nehmen.

Wer an das kurze Leben Mondblütes denkt, von dem uns ihre Gedichte eine Ahnung geben, mag ein wenig verwirrt sein. Welche höheren Ziele hat die flatterhafte Blütenfee angestrebt, mag man sich fragen. In ihren Gedichten findet sich kein Hinweis darauf. Deshalb gebe ich an dieser Stelle wieder, was Ganda mir auf unserer Reise nach Iskendria als Mondblütes letzte Worte überlieferte. Jene Worte, die mich zum Schatz ihrer Blattgedichte führten und die mich Demut lehrten:

»Blütenfeen besitzen nicht viel. Besitz schafft Neid und Missgunst, führt oft zu Streit und manchmal sogar zum Krieg. Das ist die Erkenntnis unseres Volkes, und danach haben wir immer gelebt. So hatten wir nie Könige und Fürsten oder gar Helden nötig und zerfielen auch nicht in feindlich gesinnte Stämme. Wir konnten uns darauf konzentrieren, mit den übrigen Widernissen der Welt fertig zu werden, was für kleine, nicht wehrhafte Lebewesen wie uns zuweilen schon schwer genug ist. Unsere Strategie hieß daher immer ausweichen und, wenn nötig, fliehen und verstecken. Dir, Ganda, habe ich ein Vermächtnis gewidmet. Es ist gegen die Regel, ich weiß. Vielleicht bin ich ja auf meine Weise auch eine Aufrührerin und werfe alte Traditionen über den Haufen. Wir verstreuen unsere Gedichte und hoffen, dass eines von hundert bewahrt wird. Vielleicht ist das aber nur eine Illusion … Wir geben ohne Zwang. Wir arbeiten ohne Auftrag. Wir verzichten auf Belehrung und Magie. Für dich mache ich eine Ausnahme. Die Originalblätter meiner Gedichte habe ich zwischen die Pergamentstreifen gelegt, die du mir einmal mitgebracht hast, und zu einem Päckchen verschnürt. Dort hinter dem Ginster habe ich es vergraben. Hol es dir, wenn dir danach ist, um Anteil zu haben an der Trauer um meine Eltern und an dem Glück, das ich mit Sternleuchte teilen durfte. Du aber, Ganda, bist darin Sonnentau, für viele unscheinbar, für andere verlockend schön und zugleich todbringend. Auch von mir gefürchtet, wurdest du meine beste Freundin, die mir nicht Verderben, sondern viele glückliche Tage beschert hat.«

DIE WELT
DER ELFEN

ELFENWELTEN IN BILDERN

»Ich habe Ihren Roman *Elfenwinter* sehr gemocht, aber Sie haben da einen Fehler gemacht.« Mit diesen Worten begann die Entstehung der *Elfenwelten*, eines Buchprojekts, das mich zu den Gletschern und Geysiren Islands und noch an viele andere verwunschene Orte führen sollte. Zunächst aber war ich einigermaßen perplex.

»Welchen Fehler?«, entgegnete ich. Die Stimme am Telefon hatte ich nie zuvor gehört.

»Falken würden niemals etwas apportieren. Ich besitze mehrere Greifvögel. Sie können mir das glauben.«

Auch wenn ich Fantasy-Romane schreibe, bemühe ich mich doch um phantastischen Realismus. Meine Welten sollen sich echt anfühlen, und der Fehler mit dem Falken des Elfengrafen Fenryl war mir überaus peinlich.

Die fremde Anruferin stellte sich als Marja Kettner vor, eine Fotografin und freie Journalistin. Ich stimmte der Anfrage nach einem Interview zu und folgte der Einladung auf eine Burg in der Eifel. Dort erwartete mich die nächste Überraschung. »Wollen wir nicht ein paar Fotos mit einem Wüstenbussard auf der Hand machen? Dann bekommen Sie gleichzeitig ein besseres Gefühl für Greifvögel.«

Das Angebot kam sehr gelegen, da ich neue Fotos brauchte. Also legte ich ein orientalisches Gewand an – als Fantasy-Autor hat man ja stets eine Ausrede, sich jenseits der Alltagsnorm zu kleiden –, streifte einen zerkratzten Handschuh über meine Linke und lernte den Wüstenbussard kennen, der sich nur mit äußerstem Misstrauen auf meiner Hand niederließ.

»Vor ein paar Wochen hat er einem kleineren Falken einfach so den Kopf abgedreht«, meinte Marja – ein Satz, der dafür sorgte, dass das Misstrauen nun keine einseitige Angelegenheit mehr war. Ich werde nie den kalten Blick vergessen, mit dem er meine Nase musterte.

Zähne zusammenbeißen und durch, dachte ich mir. Ein paar Fotos machen wird ja nicht lange dauern.

»Ihr beide seid zu verkrampft. Ich schlage vor, wir gehen jetzt ein bisschen spazieren, Sie halten den Bussard auf der Hand, und wenn Sie sich ganz normal bewegen, dann fange ich an, Fotos zu machen.«

Ich schluckte. Also gut. Ich wollte diese Fotos. Das kurze Shooting wuchs sich eher zu einer Sache von einer guten Stunde aus, aber am Ende behielt Marja recht. Und es entstanden die Fotos, die später in den Innenklappen der Elfenritter-Romane verwendet wurden.

Das Interview war im Vergleich dazu Routine. Ich fuhr nach Hause und wusste, von diesem Tag an würde ich anders über Greifvögel schreiben.

All dies wäre wohl nur eine Episode geblieben, hätte ich Marja nicht wenige Wochen später noch einmal auf dem FeenCon in Bonn getroffen, wo eine Fantasy-Modenschau veranstaltet wurde. An diesem Tag wurde die Idee geboren, einen Bildband zu den Elfenromanen zu gestalten. Nach ersten Fotoshootings im Rheinland entstand der verwegene Plan, nach Island zu reisen, da sich dort Landschaften finden, die meinen Beschreibungen der Snaiwamark und des Fjordlands entsprechen.

So nahm das Abenteuer seinen Lauf, und im Sommer 2007 fand ich mich mit einer ganzen Gruppe Elfenenthusiasten aus dem Verein Elffeast auf einem Wikingerthing in Island wieder. Ich glaube, weiter kann man sich in unserer Welt dem Fjordland kaum annähern. Wir begegneten Gestalten in Fleisch und Blut, die aussahen, als seien sie geradewegs den Zeilen meiner Romane entstiegen. Ich traf einen König Horsa und auch einen Mandred, die meinen Vorstellungen so exakt entsprachen, wie dies eben möglich ist, wenn Fantasy und Wirklichkeit aufeinandertreffen.

Am nächsten Tag wurden Ollowain und Emerelle im Elfengarten an einem Ort porträtiert, der den Isländern als heilig gilt – einem jener verwunschenen Plätze, an dem die Elfen in die Welt der Menschen treten können (siehe Bildteil). Die Isländer nehmen es so ernst damit, dass in ihrem Parlament eine Abgeordnete die Belange der Elfen und Trolle vertritt und Straßen einen anderen Verlauf nehmen, damit kein Ort gestört wird, der den heimlichen Bewohnern des Landes von Bedeutung ist.

Am Anfang der Fotoreihe in diesem Buch steht Alfadas, der tragische erste König des Fjordlands, der aus der Dynastie erwuchs, die auf Jarl Mandred zurückgeht. In ödem Land, vor leuchtend blauem Wasser, scheint er am Ufer des Wolkenspiegelsees aus meinen Romanen zu stehen. Jenem See, an dem sich das Schicksal Ulrics und Halgards erfüllt.

Einige der Fotosettings dienten auch zur Inspiration für künftige Romanszenen. So werden die Schwefelquellen, vor deren Hintergrund Ollowain/Falrach vor Emerelle niederkniet, als das »verbrannte Land« im Roman *Elfenkönigin* auftauchen. Das verbrannte Land ist eine Region, in der die Drachen ihre letzten Kämpfe mit den Elfen Albenmarks austrugen und die für immer von dieser Auseinandersetzung gezeichnet bleibt.

Dort, wo Alfadas, Ollowain und ein Kundschafter gemeinsam einen kargen Hügel erklimmen, beginnt nach dem Glauben der Isländer das Reich der Trolle, und es ist leicht, in dieser rauen Landschaft einen Spiegel der Snaiwamark zu sehen.

Ein Abenteuer ganz anderer Art waren Fotos mit Tieren, und nicht jeder blieb so entspannt wie Graf Fenryl, wenn er einen Greifvogel auf der Hand sitzen hat.

Zu meinen Lieblingen unter den Fotos gehört Ollowains Schwertkampfunterricht für Alfadas vor der Kulisse der Schlucht, über die sich die Shalyn Falah spannt. Ein Bild voller Dynamik. Und die japanische Reisegruppe, die während dieses Fotoshootings vorbeikam, war überzeugt, dass hier Probeaufnahmen für einen großen Fantasyfilm liefen.

Doch es bleiben letztlich etliche Motive, die sich im Foto nicht umsetzen lassen, solange man nicht über die Möglichkeiten eines Hollywoodregisseurs verfügt. Der Zauberfeder Verlag, der den Bildband herausgeben wird, suchte daraufhin nach einer Gruppe von Künstlern, die all das zum Leben erwecken sollten, was für eine Fotografie zu phantastisch oder zu aufwändig ist. So stießen Jenny Dolfen, Mia Steingräber und Felix Mertikat zum Bildbandprojekt hinzu. Es war ihre Aufgabe, Bilder von Städten oder Flüchtlingstrecks auf dem Eis der Fjorde, den Manneber und kämpfende Trolle und Kentauren erstehen zu lassen.

Die meisten Zeichnungen reifen über viele Stufen, bis sie eine phantastische Wirklichkeit wiedergeben, wie am Beispiel der Entstehung des Elfenjagd-Bildes zu sehen ist. Und das letzte Bild der hier angeführten Reihe ist noch immer nicht das fertige Werk, das zuletzt im Bildband *Elfenwelten* Einzug finden wird.

Was aber wird im fertigen Band zu finden sein?

Es sind Visionen von Albenmark und dem Fjordland. Epische Szenen wechseln sich ab mit Skizzen und Detailzeichnungen von Bannern und Waffen, Häusern, dem Alltagsleben und Landschaften. Texte des Elfen Jornowell begleiten die Bilder, ergänzen Vertrautes und erläutern Neues.

Braucht man einen Bildband zu den Elfenromanen? Schließlich hat man seine Reisen zu den Elfen im Kopf gemacht, man hat seine eigenen Bilder zu Helden und Landschaften entstehen lassen. Sicherlich besteht die Gefahr, dass diese Bilder durch die Arbeit der Künstler beeinflusst werden, ja, im schlimmsten Falle miteinander kollidieren. Aber zugleich sind sie auch eine Gelegenheit, die Elfen und Fjordländer mit einem neuen Sinn zu erfahren, sie greifbarer und vertrauter zu erleben. Die Reise, die man antritt, wenn man die ersten Seiten von *Elfenwelten* sieht, birgt womöglich die Gefahr, enttäuscht zu werden. Doch wenn man ehrlich ist … Welche Reise birgt diese Gefahr nicht? Zu reisen – ganz gleich, ob man vom Wohnzimmersessel aus in Bücherwelten reist oder ferne Kontinente durchstreift – heißt immer, in unbekannte Gefilde vorzustoßen. Und nur wer dies wagt, vermag aus seinem Alltag auszubrechen und Wunder zu erleben.

Der Bildband *Elfenwelten* wird im Herbst 2009 etwa zeitgleich mit dem Roman *Elfenkönigin* erscheinen. Ich hoffe, beide Bücher werden jenen Zauber in sich bergen, der meine Leser dem Alltag entreißt und sie zumindest für einige Stunden in eine Welt voller Magie und Abenteuer entführt.

CHRONOLOGIE ALBENMARKS UND DER MENSCHENWELT

Der folgende Text führt alle bedeutenden Ereignisse auf, die in den Romanen *Die Elfen, Elfenwinter* und *Elfenlicht* Erwähnung fanden. Wenn man diese Bücher noch nicht kennt, empfiehlt es sich, die Zeitleiste nicht zu studieren, da es die Spannung beim Lesen beeinträchtigen wird. Wem die Romane aber geläufig sind, der mag durch die Raffung der Ereignisse auf diese knappe Form dem einen oder anderen verborgenen Aspekt der Erzählungen auf die Spur kommen, der in der epischen Breite der Bücher in den Hintergrund tritt.

ZEITLEISTE	ALBENMARK FJORDLAND FARGON UND ANDERE LÄNDER
Vorzeit	**Krieg der Alben:** Die Alben bezwingen nach langem Kampf die Devanthar, dämonische Wesenheiten, Geschöpfe mit fast göttlicher Macht, die ihre Gestalt wechseln können und oft schwer auszumachen sind. Ohne dass die Alben darum wussten, überlebt ein einzelner Devanthar die Kämpfe und bleibt auf viele Jahrhunderte verborgen. Doch der Hass nagt an ihm, und sein

ganzer Ehrgeiz ist darauf ausgerichtet, das Werk der Alben zu zerstören. Noch während des Kampfes mit den Devanthar erschaffen die Alben die bekannten Völker Albenmarks, wie die Trolle, die Kobolde, die Dunkelalben oder Zwerge, die Kentauren, die Drachen und viele andere. Zuletzt formen sie die Elfen.
Drachenkriege: In diesen Kämpfen werden die letzten Wesen aus der Urzeit Albenmarks durch die Elfen vernichtet. In Ischemon tötet Emerelle den Fürsten der Sonnendrachen. Dabei stirbt Falrach, als er seiner Gefährtin beisteht. Emerelle ist zuletzt Anführerin der vereinigten Heere Albenmarks und steigt danach in der Machthierarchie stetig weiter auf, bis sie schließlich zur Königin wird. Sie hat noch die Alben gekannt und gilt als eine der ältesten Bewohnerinnen Albenmarks.

Das Fjordland liegt im kalten Norden der Menschenwelt. Mit seinen schroffen Gebirgsketten, den engen Tälern und langen Fjorden, umgeben von stürmischen Meeren, ist es ein raues und unwirtliches Land. Im Südosten grenzt es an Drusna. Der hohe Norden des Fjordlands gilt als für Menschen unbewohnbar. Es entwickelt sich ein Pantheon mit Luth, dem Schicksalsweber, an der Spitze. Die Menschen in dieser kargen Einöde leben von Landwirtschaft und Fischfang und haben lange Zeit eine nur wenig entwickelte Kultur. Sie werden ein kriegerisches Volk, das sich durch Beutezüge in die Nachbarländer bereichert.

Fargon ist ursprünglich ein Königreich im Süden des Fjordlands mit einer vielfältigen Götterwelt, die sich von Region zu Region unterscheidet. Insbesondere in den großen Städten gibt es oft grausame Kulte mit Menschenopfern. Im Laufe der Zeit werden regionale Dynastien und Stadtstaaten immer stärker, verdrängen die zentrale Herrschaft, tragen untereinander viele Fehden und Kriege aus, werden aber zugleich anfälliger für Überfälle von Völkern aus dem Norden und Osten.

ab 3500 Die Kinder der Dunkelalben, auch Zwerge genannt, verlassen Albenmark, da sie die Oberherrschaft Emerelles nicht anerkennen.

Der Elf Nuramon (in einer früheren Inkarnation) begleitet den Zwerg Wengalf und dessen Volk in die Menschenwelt. Dem Beispiel der Zwerge folgen auch andere Gemeinschaften, so etwa Yulivee (die Ältere) mit den Freien von Valemas. Während Nuramon eine Weile lang seiner Wege geht, treffen die Zwerge auf Yulivee und ihr Volk. Gemeinsam finden sie das einzige Orakel in der Menschenwelt, Dareen. Auf deren Geheiß hin wird eine Pforte geschaffen, die nur von Elfen und Zwergen gemeinsam geöffnet werden kann. Während die Zwerge nach Norden ziehen, führt Yulivee ihr Volk nach Süden in die Wüste. Hier findet sie ein Tor in die Zerbrochene Welt und gründet jenseits davon das neue Valemas.

2995 Nuramon kehrt zu den Zwergen zurück und bezwingt gemeinsam mit Wengalf den Drachen Balon. Der Zwerg bezahlt den Sieg mit seinem Leben. Noch im Sterben wird er als Held zum ersten König des neuen Zwergenreichs gekrönt. Mit seiner Wiedergeburt geht die Königswürde erneut an ihn über. Nach dem Sieg über den Drachen haben die Zwerge ihr eigenes Reich gesichert.

Zeit-leiste	Albenmark / Fjordland / Fargon und andere Länder
1551	Yulivee besucht die Bibliothek von Iskendria und berichtet von dem Schicksal der Freien von Valemas.
ca. 1100	Zu dieser Zeit steigt Iskendria im Süden der Menschenwelt zu einem der bedeutendsten Stadtstaaten auf. Er wird von einer Priesterschaft beherrscht, die sich ganz dem grausamen Kult um Balbar verschrieben hat. Die kulturelle Entwicklung Iskendrias ist trotz dieser Exzesse wesentlich weiter fortgeschritten als im dünner besiedelten Norden. Es gibt eine geheime Bibliothek, die in einem Splitter der Zerbrochenen Welt liegt, den man über Albentore in Iskendria erreicht. Die Albenkinder nennen diesen verborgenen Ort, der all ihr Wissen birgt, die *Bibliothek von Iskendria*.
1006	Die bedeutende elfische Hafenstadt Reilimee wird gegründet.
745	**Erster Trollkrieg.** Zunächst gelingt es den Trollen, die Elfen aus Carandamon zu vertreiben. Bei der Entscheidungsschlacht an der Shalyn

Falah aber siegen die Elfen und bereiten den Trollen eine so schmähliche Niederlage, dass diese nach dem erzwungenen Frieden auf Rache sinnen. Am Ende des Krieges tötet Farodin den Trollherzog Dolgrim, eine frühere Inkarnation von Orgrim, der zuvor Farodins Geliebte Aileen, eine frühere Inkarnation von Noroelle, erschlagen hat.

---

ca. 330 Es herrscht Osaberg, einer der sagenumwobenen frühen Könige des Fjordlands.

---

125 **Zweiter Trollkrieg.** Die Elfen werden zum bedeutendsten Volk Albenmarks und festigen in diesem Krieg ihre Vorherrschaft, wobei die Trolle mit der Snaiwamark die von den Alben zugewiesene Heimat verlieren.

Die nach dem zweiten Trollkrieg aus Albenmark verbannten Trolle finden hoch im Norden des Fjordlands eine neue Bleibe. Die »Nachtzinne« wird bald ihr wichtigster Fürstensitz. In diese Burg der Trolle dringt eines Nachts Farodin ein, tötet den Herzog Dolgrim und setzt damit seine Seelenfehde fort.

Zeitleiste	Albenmark	Fjordland	Fargon und andere Länder
20	Beginn der Liebesgeschichte der Elfe Noroelle zu Farodin und Nuramon.		
2		Horsa Starkschild ist König des Fjordlands und Mandred Torgridson Jarl der Region um Firnstayn. Die Jarls unterstehen dem König und üben die regionale Herrschaft aus.	
ZEITENWENDE			
1	Für die Albenmark und das Fjordland entsteht eine neue Zeitrechnung, als Mandred im Kampf gegen den Manneber/Devanthar die Unterstützung der Elfen erhält und ein Bündnis geschlossen wird, das über tausend Jahre halten wird. Mandred reist als erster Mensch »aus eigener Kraft« in die Albenmark und wird in der Königsburg von Emerelle empfangen, die seit dem zweiten Trollkrieg die unangefochtene Herrscherin Albenmarks ist. Emerelle benennt die Mitglieder der Elfenjagd, um unter Führung Mandreds dem Manneber nachzustellen. Die Elfenjagd endet mit dem vermeintlichen Sieg über den letzten Devanthar, der die Gestalt des Mannebers angenommen hatte. Doch etwas von		

Zeitleiste	Albenmark	Fjordland	Fargon und andere Länder
	seiner Wesenheit konnte entkommen, und die überlebenden Jäger Mandred, Farodin und Nuramon bleiben in einer Luth geweihten Eishöhle für einen Zeitsprung über 27 Jahre gefangen. Der Devanthar erscheint inzwischen Noroelle in der Gestalt Nuramons und zeugt mit ihr ein Kind.		
2	Noroelle bringt ihren Sohn zur Welt und flieht mit ihm in die Menschenwelt, weil Emerelle ihn töten lassen will. Die Herrscherin Albenmarks ahnt, dass dessen Vater ein Geschöpf der Finsternis ist. Emerelle verbannt Noroelle auf eine Insel in der Zerbrochenen Welt.	In Abwesenheit von Mandred wird Alfadas geboren, sein Sohn mit Freya.	Noroelles Sohn wächst bei einer Menschenfamilie in Fargon auf, ohne dass jemand weiß, wer seine wirklichen Eltern sind.
3	Alfadas kommt als Einjähriger zur Erziehung nach Albenmark. Ollowain, ein Vertrauter Emerelles und als Schwertmeister Albenmarks der bedeutendste Ritter der Elfen, wird später einer seiner Lehrmeister.		

Zeit-leiste	Albenmark	Fjordland	Fargon und andere Länder
23	Alfadas lernt die Maurawani Silwyna kennen und lieben.		
28	Silwyna zieht sich allein in ihre Waldheimat zurück. Sie bringt Melvyn zur Welt, ein Kind des Alfadas, von dem er jedoch erst viel später erfährt. Sie sieht ihren Geliebten zwölf Jahre nicht mehr.		
		Mandred kehrt nach Firnstayn zurück. Er pflanzt eine Eichel, ein Geschenk Atta Aikhjartos, auf das Grab seiner Frau Freya.	
	Fünf Tage später führt Mandred die Elfenjagd nach Albenmark zurück. Er trifft seinen Sohn Oleif, dem die Elfen den Namen Alfadas gaben und der bereits 26 Jahre alt ist. Ollowain, Farodin, Nuramon, Mandred, Alfadas und andere brechen auf Befehl Emerelles zur Suche nach dem Sohn des Devanthars auf.		
			Fargon, ein reiches Land, erfreut sich vieler Zuwanderer, vor allem Flüchtlinge aus Agnos. Hier ist vor einigen Jahrzehnten der Tjuredglaube entstanden, der im Gegensatz zu allen anderen Glaubensrichtungen nur einen Gott kennt.

Zeitleiste	Albenmark	Fjordland	Fargon und andere Länder
31			Nach drei Jahren kommen die Elfen und ihre Gefährten in die Stadt Aniscans. Dort lebt Guillaume, ein Prediger des neuen Glaubens, der über magische Heilkräfte verfügt. Während einer Predigt stirbt der Elf Gelvuun. Nuramon und Farodin erkennen in Guillaume den Sohn Noroelles. Cabezan, König von Fargon und berüchtigter Tyrann, ist schwer erkrankt und will von Guillaume geheilt werden. Weil dieser sich weigert, schickt er Krieger, die ihn ermorden, bevor die Elfen mit ihm fliehen können. Bereits kurze Zeit später wird behauptet, die Albenkinder hätten Guillaume ermordet. Er wird zum Heiligen und Märtyrer der Tjuredkirche.
		Drei Monde nach den Ereignissen in Aniscans erreichen die Gefährten Firnstayn. Schon nach 20 Tagen nehmen sie wieder Abschied. Alfadas aber hat sich in Asla verliebt und bleibt.	
	Die Gefährten kehren nach Albenmark zurück. Emerelle hält die Mission nicht für erfüllt und die Gefahr nicht für gebannt.		

Zeitleiste	Albenmark / Fjordland / Fargon und andere Länder
32	Im Frühjahr betrinkt sich Mandred mit Atta Aikhjarto, um ihm für seine Heilung zu danken. Während eines Jagdausflugs auf Einladung Emerelles flüchten Farodin, Nuramon und Mandred durch einen Albenstern, um gegen den Willen der Königin mit der Suche nach Noroelle zu beginnen.
	Alfadas heiratet Asla und bezieht das größte Langhaus in Firnstayn. Er pflanzt Apfelbäume. König Horsa Starkschild entdeckt die kriegerischen Fähigkeiten von Alfadas und holt ihn jeden Sommer als Anführer für seine Beutezüge.
33	Alfadas und Asla bekommen ihren Sohn Ulric.
35	Von der ersten bescheidenen Apfelernte wird Apfelwein hergestellt. Seither gibt es jeden Herbst in Firnstayn das Apfelfest. Alfadas wird zum Jarl von Firnstayn gewählt und löst Kalf ab.
39	Alfadas und Asla bekommen ihre Tochter Kadlin.

40 Während des Apfelfestes warnt der Luthpriester Gundar Alfadas vor baldigen Änderungen, Schrecken und Krieg.

Wie alle 28 Jahre findet in Vahan Calyd das Krönungsfest statt, auf dem der Herrscher Albenmarks gewählt wird. Dabei kommt es zu Attentatsversuchen auf Emerelle, die jedoch fehlschlagen.
Dritter Trollkrieg. Es folgt ein unverhoffter Angriff der Trolle auf Vahan Calyd, der zur völligen Zerstörung der Stadt führt. Der Trollkönig Branbart verkündet das Ende der Elfenherrschaft und die Freiheit für alle Albenkinder.
Ollowain rettet die schwer verletzte Königin.

Er bringt sie in die Welt der Menschen in das kleine Dorf Firnstayn, in dem sein ehemaliger Schüler Alfadas inzwischen Jarl ist.
Kurz darauf wird Alfadas an den Hof von König Horsa Starkschild gerufen. Der König hat beschlossen, Emerelle gegen ihre Feinde zu helfen. Alfadas soll die Führung über eine Hilfstruppe aus dem Fjordland übernehmen.
Alfadas bildet mit Unterstützung einiger Elfen ein Heer von Freiwilligen aus. Danach

treten sie durch einen Albenpfad und gelangen in die Snaiwamark.

Lyndwyn und Ollowain begeben sich ebenfalls in die Snaiwamark, um den Fürsten Landoran, den Vater des Schwertmeisters, vor dem wahrscheinlichen Angriff der Trolle zu warnen.
Inzwischen belagern und erobern die Trolle die elfische Hafenstadt Reilimee.
Das nächste Ziel der Trolle ist die Snaiwamark.
Bei der aufopferungsvollen Verteidigung des Fürstensitzes Phylangan stirbt neben unzähligen anderen Egil Horsason, der einzige Sohn König Horsa Starkschilds.
Die Trolle erobern Phylangan unter schweren Verlusten. Als Letzten gelingt Ollowain und Lyndwyn die Flucht. Lyndwyn gerät wenig später in Gefangenschaft der Trolle und stirbt.

Orgrim wird Herzog der Nachtzinne und bricht mit einer Horde ins Fjordland ein. Bevor die Trolle Firnstayn erreichen, flüchtet Asla mit vielen Bewohnern nach Honningswald und dann weiter nach Sunnenberg. Dabei gehen Ulric und seine blinde Freundin Halgard verloren. Die Elfe Yilvina begibt sich auf die Suche nach den Kindern.

Bei einer Schlacht vor Gonthabu stirbt König Horsa Starkschild.
Asla, unterstützt von Kalf, verteidigt aufopferungsvoll Sunnenberg, was ihr den Ehrennamen *Herzogin* einträgt. Emerelle erwacht aus ihrem langen Schlaf und begibt sich gegen freies Geleit für die Menschen in die Hand der Trolle. Die Überlebenden um Asla fürchten, dass die Kämpfe bald weitergehen werden, und flüchten während eines Unwetters tiefer in die Berge.
Yilvina befreit Ulric und Halgard aus einem Trolllager und flieht mit ihnen, wird aber schwer verletzt.
Mit dem Rest seines Heeres kehrt Alfadas, begleitet von Ollowain und einigen anderen Elfen, zurück ins Fjordland. Zusammen mit hundert Maurawan werden die Trolle besiegt. Emerelle wird befreit.
Alfadas findet Ulric, Halgard und Yilvina. Diese haben sich in einer Höhle verborgen. Ulric hat dort einen toten Krieger mit Schwert, Rüstung und Krone entdeckt. Angeblich handelt es sich um den legendären König Osaberg. Mit dem Schwert des Toten hat der Junge den letzten Troll erschlagen, der sie verfolgte.

ZEIT-LEISTE	ALBENMARK	FJORDLAND	FARGON UND ANDERE LÄNDER
		Alfadas wird mit der Krone Osabergs als Nachfolger Horsas zum König gekrönt. Die Suche nach Asla und Kadlin bleibt erfolglos.	
41	Nur zwei Monde nach der Schlacht um Phylangan rückt ein Trollheer über einen Albenpfad direkt auf das Herzland vor. Emerelle vernichtet den Albenpfad, ein Viertel des Trollheeres kommt um. Die Schamanin Skanga überlebt und tötet den als Herrscher unfähigen König Branbart. Einige Yingiz sind in Albenmark eingedrungen. Zu ihren ersten Opfern gehört die Auenfee Mondblüte. Ollowain und die Lutin Ganda werden zur Bibliothek von Iskendria geschickt. Der Kobold und Rebell gegen die Elfenherrschaft, Elija Glops, besucht Skanga und schließt mit ihr einen Pakt. In die Bibliothek ist der überlebende Devanthar eingedrungen. Ollowain und Ganda können nach einem Gefecht mit ihm fliehen. Ganda verliert dabei eine Hand. Bei ihrer Flucht über die Albenpfade machen Ollowain und Ganda einen Zeitsprung von 14 Jahren.		

Zeit-leiste	Albenmark	Fjordland	Fargon und andere Länder
		Asla, Kadlin und Kalf haben mit Hilfe Silwynas in einem abgelegenen Tal eine neue Heimat gefunden und beschließen, dort zu bleiben. Im Frühjahr bekommt Asla eine Tochter, die den Namen Silwyna erhält.	
			Auf dem Mons Gabino will der Devanthar in Gestalt des Tjuredpriesters Jules in einem Experiment aus den Körpern von 30 Mönchen und Nonnen einen Shi-Handan schaffen. Das misslingt, alle sterben und werden zu Märtyrern erklärt. Bruder Guido ist Augenzeuge und überlebt.
48	Ollowain ist seit sieben Jahren verschollen. Emerelle bildet Obilee zur fahrenden Ritterin aus.		
52		Asla stirbt.	
54		Kadlins Schwester Silvyna wird in Bronsted verheiratet und bekommt im Winter ein Kind.	
55	Ein riesiges Trollheer marschiert auf die Stadt Feylanviek am Mika. Melvyn lernt Leylin kennen, die Frau des Elfenfürsten Shandral.		

Ollowain kommt mit Ganda nach Yaldemee.
Er trifft die Flusshexe Rika, die den Mausling Breitnase veranlasst, für Ganda eine Silberhand anzufertigen.
Der Seefürst Eleborn verweigert Emerelle die Gefolgschaft.
Ollowain übergibt Emerelle das angeblich von ihm in Iskendria gestohlene Buch des Meliander.
Die Königin macht Ollowain zum Oberbefehlshaber und schickt ihn nach Feylanviek, um die Trolle aufzuhalten.
In Feylanviek befreit Ollowain Melvyn aus einer schwierigen Lage. Shandral verschwindet mit seiner Horde von 500 Schattenmännern.
Ollowain stellt das Heer der Trolle zur Schlacht.
Das äußerst erbitterte Gefecht fordert hohe Verluste auf Seiten der Trolle, bleibt jedoch ohne Entscheidung.
Am Abend findet Ganda den schwer verwundeten Ollowain, schafft ihn in das Lager ihres Lutinklans und pflegt ihn hingebungsvoll.
Auf dem Totenfest für Ollowain wollen sich die feindlichen Kentaurenstämme durch die Heirat von Nestheus, Orimedes' Sohn, und Elena, der Tochter Katanders, verbünden. Der Lamassu Artaxas verhilft jedoch Nestheus und seiner

Geliebten Kirta zur Flucht. Für die beiden beginnt eine lange Flucht, die sie zu Helden einer im ganzen Windland berühmten Sage werden lässt.
Ollowain hat sein Gedächtnis verloren und lebt als Klaves bei den Lutin.
Orimedes stirbt nach etlichen Monden an den Wunden aus dem Kampf gegen die Trolle. Zuletzt hebt er den Bann gegen seinen Sohn Nestheus auf.
Nestheus kommt zum Begräbnis und erneuert den Bund mit Katander, dem Fürsten der Uttiker.

Im Fjordland sind die Schäden aus dem Winterkrieg beseitigt. Firnstayn ist wiederaufgebaut worden und jetzt anstelle von Gonthabu die Hauptstadt. Ein Schutzwall gegen die Trolle entsteht im Norden des Fjordlands.
Kadlin kommt mit Kalf zum ersten Mal nach Firnstayn. Sie trifft Björn Lambison. Die beiden werden ein Paar.
Eine Abordnung von Elfen kommt nach Firnstayn, um Verbündete für den Trollkrieg zu finden.
Alfadas greift die Trollfestung Nachtzinne mit mehr als 3000 Kriegern an.

Die Trolle werden in einer verlustreichen Schlacht geschlagen, nur 500 Krieger können mit Alfadas zurückkehren. Zu den Toten gehören Kalf und Björn.
Der Elfenfürst Elodrin lässt alle Welpen und Frauen der Trolle auf Schiffen verbrennen.
Orgrim hört vom Massaker und bricht zur Nachtzinne auf, um Vergeltung zu üben. Im Kampf gegen die Trolle stirbt Alfadas.
In der Nacht nach Alfadas' Tod wird Ulric zum König ausgerufen.
Nur 300 Trollkrieger verfolgen die Fjordländer; Orgrim selbst kehrt nach Albenmark zurück.

---

56 Ulric opfert sich und Halgard, zerreißt das Eis des Wolkenspiegelsees, sodass mit ihnen zusammen das Trollrudel unter Brodgrimm im Wasser versinkt.

Der Tjuredglaube hat Rückschläge erlitten. Fargon und Agnos liegen im Krieg. Beide Heere plündern Refugien und Tempeltürme. Nur mit Mühe hat Jules ein neues Refugium gründen können, in dem der ehemalige Hauptmann Sebastien Abt wird.

Aus 30 Nonnen und Mönchen formt Jules unvollkommene Shi-Handan. Sie gelangen nach Albenmark. Ihre ersten Opfer sind Selkies.

Fenryl bringt Flüchtlinge der Menschen nach Albenmark, darunter Kadlin. Sie tötet einen Shi-Handan.
Madrog, der Anführer der Schattenmänner, richtet Shandral und dessen Familie; Leylin aber entgeht dem Tod und wird durch Melvyn gerettet.
Der Trollkrieg soll statt mit einer weiteren Schlacht durch ein Duell auf der Shalyn Falah entschieden werden. Für die Elfen tritt Emerelle an, die Trolle schicken Klaves. Emerelle erkennt in ihm Ollowain, gibt das Duell auf und will ihm zu seinen verlorenen Erinnerungen verhelfen. Stattdessen erweckt sie seine frühere Inkarnation als Falrach.
Dem aus dem Abt Sebastien entstandenen Shi-Handan gelingt es, den Albenstern in Burg Elfenlicht zu öffnen und weitere Yingiz nach Albenmark zu holen.
Mit Kadlins Hilfe können die Yingiz wieder verbannt werden.

Lambi holt Kadlin als Königin nach Firnstayn. Skanga verspricht ihr Frieden mit den

Zeitleiste	Albenmark	Fjordland	Fargon und andere Länder
		Trollen. Der Wolkenspiegelsee soll künftig die Grenze zwischen Trollen und Menschen bilden.	
			Der Priester Jules, die Inkarnation des Devanthars, erkennt, dass sein Versuch, Albenmark mithilfe von Yingiz zu zerstören, fehlgeschlagen ist. Er hat die Vision, einen Orden kämpfender Priester zu schaffen. Eine verbrannte Eiche auf weißem Grund soll ihr Wappen sein.
212			Seit der wunderbaren Rettung der Stadt Iskendria vor der Belagerung durch den übermächtigen König Dandalus wird dem Götzen Balbar täglich ein Kind geopfert.
282	Die drei Freunde Mandred, Farodin und Nuramon reisen durch unsichere Albensterne, machen dabei einen großen Zeitsprung, gelangen in die Zerbrochene Welt und treffen auf die Freien von Valemas, ein aus Albenmark ausgewandertes Elfenvolk. Dem Rat des Dschinns von Valemas folgend, brechen die Reisenden nach Iskendria auf. In der Bibliothek werden sie neben anderen		

Hinweisen auf das Orakel von Dareen aufmerksam gemacht. Die Wege der beiden Elfen trennen sich.

Die Weiterreise führt zunächst nach Firnstayn. Mandred begegnet Njaudred Klingenbrecher, dem elften König seit Alfadas.
Farodin erfährt von der sterbenden Elfe Shalawyn, dass der Trollherzog Orgrim seit dem Krieg vor über 200 Jahren einige Elfen gefangen hält. Farodin schwört Rache und segelt mit Mandred zur Nachtzinne.

Nuramon trifft die Kinder der Dunkelalben oder Zwerge.

Farodin schafft es nicht, Orgrim zu töten, kann aber die letzten sieben gefangenen Elfen befreien, darunter den Seefürsten Elodrin, der auf der Flucht stirbt.

Das Orakel Dareen gibt Nuramon einen Hinweis für seine Suche nach Noroelle und rät zur Beilegung des Streits mit Farodin, da sie nur gemeinsam erfolgreich sein können.

283 Auf dem Weg nach Firnstayn trifft Nuramon an einem Albenstern auf den geheimnisvollen Xern und erfährt, dass seit seiner

ZEIT-LEISTE — ALBENMARK — FJORDLAND — FARGON UND ANDERE LÄNDER

Flucht aus der Jagdgesellschaft der Königin etwa 250 Jahre vergangen sind. In Firnstayn begegnet der Elf Njauldred Klingenbrecher, der seit 15 Jahren König ist.
In den folgenden 47 Jahren bildet Nuramon die Elitetruppe der Mandriden aus und begründet das berühmte Firnstayner Gestüt aus Kreuzungen zwischen elfischen und fjordländischen Pferden. Er ist entschlossen, in Firnstayn zu warten, bis Farodin und Mandred dorthin zurückkehren.

330 Inzwischen ist Neltor Tegrodson König. Farodin und Mandred kehren von ihrer Fahrt zur Nachtzinne zurück, wobei auch sie einen Zeitsprung beim Weg über die Albenpfade machen. Sie reisen nach Firnstayn und treffen auf Nuramon.
Zusammen mit zwölf Mandriden setzen die Gefährten auf einem Schiff ihre Suche nach Noroelle fort. Nach 39 Tagen erreichen sie ihr Ziel, aber es fehlt Farodin und Nuramon die Macht, um das Albentor zu Noroelle zu öffnen, das von Emerelle mit einem besonderen Zauber versiegelt wurde.

ZEIT- LEISTE	ALBENMARK FJORDLAND FARGON UND ANDERE LÄNDER
332	Die Gefährten kehren nach Firnstayn zurück. Mandred hat einen Sohn von Tharhild, Neltors Schwester, bekommen. Bald brechen sie zu einer zweiten Reise nach Iskendria auf.
437	Die Stadt Iskendria wird durch ein Heer der Tjuredanhänger belagert, als die Gefährten durch einen Albenstern in die Bibliothek in der Zerbrochenen Welt gelangen. Dort erfahren sie, dass sie beim Durchschreiten des Albensterns einen Zeitsprung von mehr als 100 Jahren gemacht haben und dass Iskendria in der Welt der Menschen nur mehr ein Ruinenfeld ist. Nuramon begegnet wiederum dem Dschinn und erfährt von ihm, das neue Valemas sei durch Tjuredritter nach dem Fall von Iskendria ebenfalls zerstört worden. Nuramon bekommt den entscheidenden Hinweis auf einen verlorenen Albenstein. Es ist ein Opal in der Krone des Maharadschas von Berseinischi, die bei einer Schlacht in Drusna verlorenen gegangen ist. Der Dschinn hat eine kleine Elfe aus Valemas gerettet, der Nuramon den Namen Yulivee gibt. Yulivee begleitet die Gefährten. In den Wäldern von Drusna finden die Gefährten nur mehr den Abdruck der

Zeit-leiste	Albenmark / Fjordland / Fargon und andere Länder
	Krone. Sie folgen der magischen Spur und begeben sich auf einen Albenpfad.
ca. 250 bis 550	Die Tjuredanhänger haben im Laufe der Zeit in Fargon, Agnos und anderen Ländern die Macht übernommen und bauen sie stetig aus. An der Spitze steht jetzt der Ordenskönig, dem einige Ordensfürsten untergeordnet sind. Agnos liegt im Kampf mit Drusna, das Fjordland wird noch für unbedeutend gehalten.
548	Die Gefährten landen nach einem erneuten Zeitsprung in einem Tempelturm der Tjuredkirche und können nur mit Mühe der aufgebrachten Menge entkommen. Yulivee erfährt, dass eine große Flotte gebaut worden ist, um das heidnische Fjordland anzugreifen. Die Gefährten beschließen, ihre Suche zu unterbrechen und zunächst dem Fjordland zu helfen.
549	Mandred trifft auf seinen Nachfahren Liodred, König des Fjordlandes, der eine

Versammlung einberuft, um seiner Gefolgschaft vom bevorstehenden Angriff der Ordensritter zu berichten.

549 **Dreikönigsschlacht.** Unter Führung von Farodin und Nuramon begibt sich eine Gesandtschaft zu Emerelle, um Albenmarks Hilfe für das bedrängte Fjordland einzufordern, die Alfadas vor rund 500 Jahren versprochen worden war. Farodin erfährt, dass mehr als 200 Jahre vergangen sind, seit er zuletzt auf der Nachtzinne war.
Nuramon ist von der Größe seiner Sippe überrascht.
Emerelle verspricht den Abgesandten Hilfe.

Bei der Seeschlacht vor Firnstayn haben die Fjordländer es mit einer fünffachen Übermacht der Tjuredanhänger zu tun, die mit über 200 Schiffen angreifen, darunter eine Vielzahl riesiger Koggen. Die Fjordländer errichten eine Schiffsbarriere, um den Durchbruch zum Hafen zu verhindern.
Mit Verzögerung greifen die Elfen in die Schlacht ein und schaffen zunächst Entlastung. Dann tritt ein blau gewandeter Tjuredpriester auf, der über die gleichen

magischen Kräfte wie Guillaume verfügt.
Er tötet über 100 Elfen, darunter Emerelles Berater Alvias. Fast gelingt es ihm, die Königin selbst zu ermorden. Emerelle zieht sich vor der Gefahr zurück. Mandred, Liodred und die Mandriden versuchen, sich zu dem Priester durchzukämpfen. Ein Pfeil der Bogenschützin Nomja streckt den Tjuredpriester schließlich nieder.
Zuletzt greifen die Trolle mit ihren großen Galeassen in den Kampf ein. Sie verlieren einige Schiffe durch den Einsatz von Balbars Feuer. Ein hoher Priester der Ordensritter versucht, die Fjordländer und Albenkinder durch die Macht eines Albensteins in das Nichts zu schleudern. Der Trollkönig Boldor wird zum Opfer dieses Angriffs. Schließlich besiegen Emerelle und Skanga mit vereinten Kräften den Priester, der als Devanthar in Menschengestalt erkannt wird.
Fast die ganze Flotte der Tjuredkirche wird vernichtet, doch das Flaggschiff mit dem Devanthar entkommt.
Farodin, Nuramon, Mandred, Liodred und zwölf Elfen aus der Leibwache der Königin werden ausgesandt, um den Devanthar

zu suchen und zu töten. Emerelle erschafft mit Hilfe ihres Albensteins einen neuen Albenstern vor den Toren von Firnstayn und schickt die Gruppe zu einem Kloster in den Bergen von Aniscans.

Die Gefährten gelangen in ein Klostergewölbe. Dort finden sie die sagenhafte Krone, die ihnen in Drusna entgangen war, jedoch ist der Opal gespalten und hat seine Zaubermacht verloren. Sie treffen auf den Devanthar und besiegen ihn. Liodred stirbt bei dem Kampf. Farodin gelangt in den Besitz des Albensteins, der dem Devanthar gehört hat. Auf einer Silberplatte erkennen die Gefährten, wie die Zeit vergeht, erst Tage, dann Wochen, Monde, Jahre, Jahrzehnte und zuletzt Jahrhunderte. Erneut wurden sie vom Devanthar in eine Zeitfalle gelockt. Schließlich gelingt es ihnen jedoch, einen Albenstern zu öffnen, und sie bringen den toten König Liodred nach Firnstayn.

649 Nachdem der Trollkönig Boldor 100 Jahre nach der Seeschlacht immer noch nicht wiedergeboren

worden ist, ruft die Schamanin Skanga Orgrim zum neuen König aus.

Nach der Dreikönigsschlacht hat sich der Tjuredglaube weiter ausgedehnt. Fargon ist zum Gottesstaat geworden, der von den sogenannten Heptarchen regiert wird. Diese haben sich die Unterwerfung der gesamten Menschenwelt und die Vernichtung von Albenmark zum Ziel gesetzt. In den folgenden Kriegen werden alle bekannten Königreiche erobert. Zuletzt leisten nur noch das schwer zugängliche Drusna und das Fjordland Widerstand, welches weiterhin durch Albenmark unterstützt wird.

1033 Farodin, Nuramon und Mandred gelangen nach ihrem längsten Zeitsprung nach Firnstayn. Aus dem Fischerdorf von einst ist eine Großstadt geworden. Die Festungswälle sind gezeichnet von einer Belagerung. Die Ordensritter haben das Fjordland erobert.

Ein Riss zwischen den Welten führt nach Albenmark. Es gelingt den Gefährten, sich zur Burg Elfenlicht durchzuschlagen, wo sich die verfeindeten Heere zur letzten Schlacht versammeln.

Farodin übergibt Emerelle den gefundenen Albenstein. Daraufhin verspricht sie, ihm und Nuramon einen Weg in die Zerbrochene Welt zu Noroelle zu öffnen.

Unter Führung von König Wengalf kehren die Kinder der Dunkelalben, die Zwerge, zurück nach Albenmark und schließen sich dem Verteidigungsheer an.

Am Tag der Entscheidungsschlacht gelingt es den zahlenmäßig weit unterlegenen Albenkindern immer wieder, die Vorstöße der Ordensritter zurückzuschlagen oder wenigstens aufzuhalten.

Durch ein Täuschungsmanöver dringt Mandred mit einer kleinen Gruppe von Mandriden bis zum Offiziersstab der Ordensritter vor. Der alte Jarl von Firnstayn enthauptet den Großmeister Tarquinon. Auch etliche andere Offiziere werden niedergemacht.

Ollowain, der Schwertmeister Albenmarks, stirbt in der Schlacht ebenso wie Mandred.

Emerelle zerstört durch einen mächtigen Zauber alle Albenpfade, die nach Albenmark führen. Dieser Zauber ist unumkehrbar. Dadurch sind die

Geschicke der beiden Welten auf immer voneinander getrennt.
Kurz bevor die Trennung vollzogen wird, reisen Nuramon und Farodin in die Zerbrochene Welt.

Das Fjordland ist nach verzweifeltem Kampf der Übermacht der Ordensheere erlegen. Viele Flüchtlinge aus Firnstayn sind nach Albenmark gekommen, darunter Gishild, ihre letzte Königin.

Farodin und Nuramon gelangen endlich auf Noroelles Insel in der Zerbrochenen Welt. Die Elfe entscheidet sich für Farodin und geht kurz darauf mit ihm ins Mondlicht. Nuramon bleibt nach 1000 Jahren der Suche allein zurück.

DIE ELFEN-ROMANE

Die Elfenwelt wird von Menschen, Elfen, Zentauren, Dämonen, Trollen, Lutin, Dunkelalben und viele anderen Licht- und Schattenwesen bevölkert. Die Albenmark – das Reich der Elfen –, die Menschenwelt und die Zerbrochene Welt sind durch ein Netz von magischen Albenpfaden miteinander verbunden. In der Zerbrochenen Welt tobte einst ein erbitterter Krieg zwischen den Alben und ihren dämonischen Todfeinden, den Devanthar.

Obwohl Farodin und Nuramon um die Liebe Noroelles konkurrieren, verbindet sie doch eine tiefe Freundschaft. In der Zeit der tausendjährigen Suche der beiden Elfen nach ihrer Geliebten finden in der Welt der Menschen und in der Albenmark folgenschwere Ereignisse statt. Die ebenso mächtige wie schöne Königin der Elfen, Emerelle, muss während des Trollkrieges Entscheidungen treffen, von denen das Geschick ihres Volkes abhängt. Besonders verbunden ist ihr der Schwertmeister Ollowain, dessen Schicksal sie teilt.

In der Menschenwelt soll die junge Gishild einmal als Königin das Fjordland regieren. Sie wird jedoch von den Ordensrittern entführt, die auf diese Weise ihren Vater zwingen wollen, sich der Herrschaft der Tjuredkirche zu beugen. In der Gefangenschaft lernt Gishild den jungen Luc kennen, der auf der Ordensburg von Valloncour zum Ritter ausgebildet wird. Luc und Gishild verlieben sich ineinander. Doch als sie sich Jahre später als Erwachsene wiedersehen, stehen sie sich in einem unerbittlichen Krieg als Feinde gegenüber …

DIE ELFEN

Das große Epos über das geheimnisvollste Volk der Fantasy: Die Elfen. Nuramon und Farodin, zwei Elfen, und der Barbarenhäuptling Mandred ziehen gemeinsam in den Kampf gegen ein finsteres Dämonenwesen. Doch als der Dämon die Zauberin Noroelle entführt, um deren Gunst die beiden Elfen schon seit Jahrzehnten werben, bricht das Böse über die Welt der Menschen und Elfen herein, und ein ewiges Schicksal wird besiegelt.

ELFENWINTER

Während des Festes der Lichter entgeht die bezaubernd schöne Elfenkönigin Emerelle nur knapp einem Attentat, und ihr Schwertmeister Ollowain hat alle Hände voll zu tun. Dabei ahnt jedoch niemand, dass die eigentliche Gefahr von einer Armee von Trollen ausgeht, die über Albenmark, das Reich der Elfen, hereinbricht. Inmitten von Krieg und Chaos müssen Königin und Ollowain fliehen.

ELFENLICHT

Ein Zeitalter lang haben sie die Geschicke der Welt bestimmt, doch nun beginnt das Licht der Elfen zu verblassen. Einzig die Königin Emerelle und ihr Schwertmeister Ollowain stellen sich den übermächtigen Trollen. Als Emerelle für den letzten Sieg einen der goldenen Albenpfade zerstört, tritt etwas in ihre Welt, das Albenmark für immer zu vernichten droht. Während die Trolle neue Kräfte sammeln, beginnen die Elfen ihre verzweifelte Suche nach einem Feind ohne Gesicht.

ELFENRITTER 1 – DIE ORDENSBURG

In der zweiten Elfen-Trilogie wird das Schicksal einer Prinzessin und eines jungen Ritters erzählt, die sich in Gefangenschaft begegnen und durch Kriegswirren entzweit werden. Die Ordensritter der Tjuredkirche unterwerfen eine Provinz nach der anderen. Nur das Fjordland leistet noch Widerstand mit Hilfe der Elfen, bis Gishild, die Tochter des Königs, von den Ordensrittern entführt wird. In der Gefangenschaft begegnet sie Luc, der zum Ritter ausgebildet werden soll.

ELFENRITTER 2 –
DIE ALBENMARK

Gishild gilt für ihr Volk im Fjordland als verschollen und muss in der Gefangenschaft die Weihen zur Novizin der Tjuredkirche über sich ergehen lassen. Luc reift zu einem jungen Ordensritter heran und soll nun erste Verantwortung übernehmen. Doch während ihre Freundschaft sich zu einer zarten Liebe entwickelt, drohen die Wirren des Krieges sie zu entzweien.

ELFENRITTER 3 –
DAS FJORDLAND

Als Kinder waren sie unzertrennlich. In ihrer Jugend gestanden sie einander ihre Liebe. Doch nun stehen sich Gishild, die Prinzessin und nunmehr Kriegerkönigin des Fjordlandes, und Luc, der Ordensritter der Tjuredkirche, an der Spitze zweier feindlicher Heere gegenüber. Der Krieg um die letzten freien Provinzen hat begonnen, und auf dem Schlachtfeld wird sich das Schicksal der Elfen, der Menschen und das Schicksal Gishilds und Lucs entscheiden.

DANKSAGUNG

Dass dieses Buch entstand, geht auf die schlaflose Nacht eines Literaturwissenschaftlers zurück, dessen wirklicher Name hier nicht genannt wird, da er einen Lehrauftrag an einer namhaften Universität erfüllt und Fantasy in Deutschland leider immer noch eine Literaturgattung ist, die von den Gralshütern der Literaturwissenschaft im besten Falle belächelt wird. Um sinnlosen Wortgeplänkeln auszuweichen, geben wir der Stimme hinter Mondblütes Gedichten also ein Pseudonym. Nennen wir sie Henk. Henk de Haan.

Henk war es, der nach wiederholter Lektüre meiner Elfenromane in einer schlaflosen Nacht das erste Blütenfeengedicht ersann und mich damit überraschte. Wenige Wochen später gab es schon einen ganzen Strauß von Gedichten. und so entstand die Idee, Mondblütes Gedichtzyklus zu erschaffen. Das war der erste Schritt zu diesem Buch.

Einen ganzen Romanzyklus später ist dieses Werk nun abgeschlossen. und wie immer gab es zahlreiche Helfer. Da waren Karl-Heinz, der Herr der verlorenen Kommas, und Elke, die Stilblüten pflückte. Till, der Wächter der immer verschlungeneren Zeitleisten, und Nina, die einem tödlich Verwundeten wieder ins Leben half.

Besonders bedanken möchte ich mich auch diesmal bei meinen beiden Lektorinnen: Martina Vogl, die zuletzt den klarsten Blick für gute Lyrik hatte, und Angela Kuepper, die stets über all das wacht, was alle anderen übersehen haben.

Bernhard Hennen
Dezember 2008

BILDNACHWEISE

Alfadas am Wolkenspiegelsee, Foto: Marja Kettner

Emerelle und Ollowain im verbrannten Land,
Foto: Marja Kettner

Auf der Flucht, Foto: Marja Kettner

Graf Fenryl, Foto: Marja Kettner

Ollowain und Alfadas bei der Shalyn Falah,
Foto: Marja Kettner

Die Elfenjagd (bearbeitete Skizze), Bild: Jenny Dolfen

Die Elfenjagd (Lineart), Bild: Jenny Dolfen

Die Elfenjagd (Farbstudie), Bild: Jenny Dolfen